苏宁的小说云淡风轻、简洁明晰，却隽永有味、引人入胜。苏宁的娓娓道来，错落有致，就像绣花一样，一笔一画。读她的文字，可以体味到那种认真、俊秀而结实。

文学评论家　陈晓明

苏宁的作品聚焦现实，对现实有精准的捕捉与体认。苏宁在小说创作上走的是一条很纯粹的路，她没有受外界过多的影响，甚至也没有受到文学界各种思潮各种风向的影响，始终秉持守正创新的态度，并将生活和思考紧紧融合，升华文学创作的品质。

作家　范小青

经典之夏

苏宁——著

济南出版社

图书在版编目（CIP）数据

经典之夏 / 苏宁著 . -- 济南：济南出版社，2024.1
（文学新势力 . 第二辑）
ISBN 978-7-5488-6128-7

Ⅰ. ①经… Ⅱ. ①苏… Ⅲ. ①中篇小说—小说集—中国—当代②短篇小说—小说集—中国—当代 Ⅳ. ① I247.7

中国国家版本馆 CIP 数据核字（2024）第 041761 号

经典之夏
JINGDIAN ZHI XIA
苏宁 著

出 版 人	谢金岭
责任编辑	闫 菲
装帧设计	焦萍萍 刘梦诗

出版发行 济南出版社
地　　址 山东省济南市二环南路1号（250002）
总 编 室 0531-86131715
印　　刷 济南新先锋彩印有限公司
版　　次 2024年1月第1版
印　　次 2024年3月第1次印刷
开　　本 145mm×210mm 32开
印　　张 8
字　　数 172千字
书　　号 ISBN 978-7-5488-6128-7
定　　价 39.80元

如有印装质量问题 请与出版社出版部联系调换
电话：0531-86131736

版权所有 盗版必究

文学新势力 学术筹划 | 中国作家协会鲁迅文学院　北京师范大学国际写作中心

编委会

顾　　问	莫　言	吉狄马加	吴义勤	
文学导师	余　华	苏　童	欧阳江河	西　川
主　　编	邱华栋	张清华	徐　可	
编　　委	王立军	周云磊	李东华	周长超
	刘　勇	张　柠	张　莉	沈庆利
	梁振华	张国龙	翟文铖	张晓琴

总　序

张清华　邱华栋

2012年10月，莫言荣膺诺贝尔文学奖，再度激发了国人的文学激情，也唤醒了高校在文学教育方面的旧梦，其中就包括北京师范大学。因为一段至关重要的学缘，莫言曾于1991年获得了北师大授予的文学硕士学位，而此刻，作为母校的师大自然倍感荣耀，遂立刻决定成立北京师范大学国际写作中心，并邀请莫言前来担任主任。中心成立之初，其核心职能——文学教育和创作人才的培养便被提上了议事日程。

需要稍加追溯前缘，才能说明这套文丛的来历。1988年，由当时在研究生院任职的童庆炳教授牵头，由北京师范大学提供学制条件，牵手中国作家协会直属的鲁迅文学院，共同招收了首届作家研究生班学员。那时的学位制度还相对处于比较早期的阶段，各种规章还没有现在这样严苛和完善，所以运作相对容易，招生考试环节也相对宽松。由此，一批在文坛已崭露头角的青年作家，便被不拘一格，悉数收罗。之前，他们中的很多人——除刘震云作为北京大学中文系77级的本科毕业生外——并未受过太正规的教育,他几乎是唯一一个出自正宗名门。余华只是在浙江海盐上过中学;莫言之前虽有两年解放军艺术学院文学系的学习经历,但更早先却是连中学教育未受完整;严歌苓、迟子建等差不多都只是受过中等专业教育。其他人我们未做过严格的统计,但可以肯定,其中大多数未曾上过大学。然而不容置疑的是,这些人是那时中国文学最具希望的一批,是青年作家中的翘楚,是未来文坛的半壁江山。从这里出发,二十年过后,他们的确未负众望,为中国文学争得了至高荣誉,也几乎成为一代作家的代言人。

很显然,这成为北师大和鲁迅文学院一个共同的记忆,一笔不可多得的财富,无论从哪个角度看,他们都是两所学校引以为豪的历史。在这样一个背景下,重拾昔日文学教育的前缘,找回这一无双的荣耀,也就是很自然的事情了。

因了以上的缘由,2016年,北师大校方经过认真研究,参考过去的合作模式,从全校不多的单招单考的硕士名额中拿出了20个,交由文学院和国际写作中心,来寻求与鲁迅文学院合作,并在中国作家协会的大力支持下,于2017年秋季正式招收了"非全日制"学术型文学创作硕士研究生。为了省却过于烦琐的学科规制,我们在"中国现当代文学"专业的二级学科下,设立了"文学创作方向",并采用了"学术导师"加"创作导师"联合授课的培养模式,以给学员创造更为合适和充分的学习条件。鲁迅文学院则为他们提供居住和学习的物质条件,以及日常的管理,并拟在培养方案中结合鲁院的讲座制培养模式,两相结合,尽显特色互补的优势。

同时还必须指出，有几位至关重要的人物支持了这项事业：时任北师大的校领导，特别是董奇校长，对推助写作中心的文学教育工作给予了大力支持，在制定相关体制机制方面也给予了诸多指导。晚年在病中的童庆炳教授，多次勉励我们，要传承好过去的经验，大胆探索，争取把工作尽早落到实处。中国作家协会，作协党组，特别是铁凝主席，也给予了热诚关怀，时任书记处书记、分管鲁迅文学院工作的吉狄马加同志，则在工作中给予了非常具体的关心和指导。

参与该项工作，制定合作规划、培养方案、课程体系，以及日常服务管理等诸项事务的，便是本文的两位作者：时任鲁迅文学院常务副院长的邱华栋和北师大文学院负责研究生教育的副院长兼国际写作中心执行主任张清华。整个过程中，要想实现两个职能完全不同的单位之间的密切合作，在所有培养工作的环节上都无缝对接，是一个至为琐细的工作，难以尽述。好在这不是一个"工作汇报"，我们在此也就从略了。主要想说明的是，两校之间目前的合作进行得非常顺利，一切都在愿景之中。

迄今为止，该方向的研究生已经招收了三届，共56人。从总体情况看，达到了预期的要求。在学员中，有鲁迅文学奖获得者乔叶、鲁敏，有多位全国少数民族文学奖获得者，有"70后""80后"广有影响的青年作家，像东紫、杨遥、朱山坡、林森、马笑泉、高满航、闫文盛、曹谁、曾剑、王小王，等等，他们在文学创作上都已经有了相当出众的成绩，或是十分丰富的经验，然而他们共同的诉求，又都是对"充电"的渴望，有成为大家的梦想，所以因了冥冥中某种命运的感召，汇聚到了一起。

关于文学教育，历来也是分歧明显众说不一的。有人坚称"大学不培养作家"，这话在一定程度上是对的。大学的使命很多，成败的确不在乎是否出产了一两个作家。但这话的"潜台词"值得商榷——其意思是有偏见的或轻蔑的，是说"你培养不了作家"，"作家不是谁都能培养出来的"。这当然也对，没有哪个大学敢说自己"培养"了几个作家，而只能说，他们那儿"走出了"哪些作家和诗人。但这么说是否意味着文学教育的无必要呢？似乎也不能。因为按照上述逻辑，我们也可以反问，大学不能培养作家，难道就可以"培养"经济学家、政治家、科学家和法学家吗？谁又敢说他们"培养"了那些伟大和杰出的人物呢？

很显然，各行各业的杰出人才，都是很难通过"订制"来培养的。但从另一方面说，大学又必须为人才提供成长和受教育的条件，从这个角度看，宣称大学"不培养作家"又是不负责任的。回顾当代文学的历史，文学的变革和作家的成长，与大学教育的恢复和发展密切相关。"文革"及"文革"前大学教育的草创和荒芜时期，也出现过许多作家，但他们要么是从战争年代的洗礼中锻炼出来的，要么是在长期的自学中成长起来的。因为没有条件受到良好的教育，他们的文学道路多舛，艺术成长和成就也都受到了限制，这是人所共知的常识。正是"文革"后教育的全面恢复与发展，才使得文学事业出现了人才辈出蓬勃兴旺的局面。

所以，正确的理解应该是，作家是无法培养的，但文学教育是必需的。当然，文学教育对于高校而言，其目标确乎主要不是"培养作家"，而是为所有学生提供一个素质养成的环境条件，这才是成立国际写作中心、引进著名作家执教的核心意义所在。换句话说，能不能出产一两个作家或许不是最重要的，其培养的人才是否具备写作的能力，能否成为文学的内行才是重要的。传统的文学教育虽然有各种各样的问题，但是所培养的读书人大都是既能够研究，又可以写作的双料人才。新文学的早期，大学的文学教授也多是学者和作家两种身份集于一身的，之后才逐渐文脉不彰，大师不存，大学教育渐趋沦为了工具化和技术化的知识教育。

但无论如何，北师大与鲁院联办班的这一培养模式，其目标还是直接而干脆的，就是"培养作家"。当然，这培养不是从"育种"开始的，而是"选苗"和"移栽"的过程，甚至有的就属于"摘果子"。即便是后者也不是无意义的，当年莫言、余华、刘震云、迟子建等人，早在进来之前就是声名鹊起的青年作家了，录取他们无疑也是"摘果子"，但系统的阅读与学习，大学综合环境下的熏陶成长，谁敢说对于他们后来的写作没有助益？所以，我们坚信这一工作是有意义的。

最后再来说说这批作为"文学新势力"的新人。显然，他们大多属于"80后"至"90后"的一代，较之他们的前辈，这批新人的主要差异在于代际经验的不同。前代作家的成长期大都经历过历史的大波大澜，童年也大都有原初和完整的乡村生活经验，所以某种程度上还是受到"总体性经验"支配和支持的一代作家。莫言笔下的"高密东北乡"，可以说寄寓了他对于农业社会生存的全部感受和想象，也寄寓了他对于现当代中国历史巨变的全部记忆与理解，读之如读一部血火相生、正邪相伴、生死轮替、魔道互换的史诗。这种具有总体性和原生性的经验与美学，在下一代作家这里早已变得不可能，他们都命定地处在某种"晚生"和"后辈"的自我想象之中，不得不在碎片化、个体化的历史经验与记忆中探索前行。

这些都并非新鲜的话题，只是重复了前人既成的说法。但这也是所谓"新势力"的根基与合法条件，"新"在哪里，又何以成为"势力"，这是需要我们想清楚的。在我们看来，所谓"新势力"其实就是指：一是有新的文化特质的，他们在文化上所拥有的"新人"特色或许很难用一两句话说清，但一定是更具有个性、自主性和独立思考的一代，是拥有新知和新的经验方式的一代，是用新的思维与视角看待人生与世界的一代，是在网络信息时代生存和写作的一代；二是有新的美学属性的，这些属性自然更难以总体性的概括来描述，但毫无疑问他们是具有陌生感的一族，是难以用传统范型所涵盖和统摄的一族，是游走和不确定的一族，是空间化和个体性得以充分彰显的一族，当然，也是相对琐屑和相对真实，相对平和和相对日常性的一族。有时我们觉得是这样满足，但有时我们又会觉得，他们离着理想的文学，离所谓普世的"世界文学"的距离越来越近了。

旁观者说一千句，不及读者自己去观照、去体味其中的丰富和微妙。"总体性"之不存，我们的概括也自然显得苍白无力，不如读者们自己去一一打量和细细辨识。

看，这就是"文学新势力"，他们来了。

"文学新势力"第二辑
出版说明

"文学新势力"第一辑于2020年初出版之后，引发了各界非常强烈的反响，也激发了文学创作专业的学子们更加高涨的创作热情。不只非全日制的"鲁院班"——北师大与鲁迅文学院合作招收的文学创作研究生班的同学，连全日制和其他专业的学生也纷纷发来他们的作品，希望能够加入这套文丛的后续出版。基于此，我们在当年，也就是2020年的下半年，又遴选了近二十部作品，经过专家与编辑的几轮精选，最终确定了第二辑的这十二部作品。但因为疫情等因素的影响，该辑的出版工作也一再延宕。现在终于面世，标志着我们的文学教育又有了新成果。

需要说明的是，本辑作品的构成，在文类上实现了多样性的变化。第一辑完全由中短篇小说集构成，而这一辑中，则有了超侠的科幻小说集、舒辉波的儿童文学作品集，有了闫文盛、向迅、曹谁等人的散文随笔集，同时也不再仅限于"鲁院班"学员，增加了毕业于全日制文学创作班的新锐青年作家，如目前工作于鲁迅文学院的崔君的小说集。从文类上说，该辑作品除了诗歌缺位以外，确乎显得丰富了许多。

另外，还须在此特别说明的是，截至该文丛出版之时，北师大与鲁迅文学院合作招收研究生的工作又延展了四年，至2023年，已招收了七届学员。负责鲁迅文学院工作的领导，也调整为吴义勤书记和徐可常务副院长；北师大文学院的领导以及研究生培养工作的负责人也发生了变更，所以本辑的编委会也做了相应的调整。

特别鸣谢中国作家协会张宏森书记，以及李敬泽、吴义勤副主席等领导的大力支持，也感谢北师大校领导以及文学院的大力支持；特别鸣谢济南出版社领导的鼎力托举。各方力量的凝结汇聚，才共同促成了此番盛举，为新一代青年学子和青年作家的成长营造了更好的环境。

2023年12月

自 序

虚拟之地

苏 宁

一位读了《经典之夏》的医生朋友给我留言，说"这就是我真实的一天或者一周"。另一位客居异乡工作至退休的前辈读了《回家》，和我说，"这就像我的人生，读完很感动，很多微妙之处，看得见，捉不着，恍惚中以为牧逊是自己"。有一天，毕光明老师问我有没有为《暗格》写创作心得，我说没有。隔一天，我写了出来，似《暗格》的未尽之言。我本以为一个作品写完了，就是一个幼鸟长大，扑翅飞去，或鱼入深海我收归棹，从此相忘。再行谈论，殊有为难。

文字于原生态的生活，行的是暂存之义而非封缄。一旦成章，就进入一个被移到开放的展架上的状态。生活中发生的某些事，有时比故事精彩——写作时的失真，指向的是一种未知未见的生活、没有被应时认识的生活，或者是作者在加工生活、想象力等原材料的过程中，进行了过度提炼或稀释，这里涉及技术，也涉及语言。

我愿意分享一下我对"创意"这个词的理解——它饱含的维度、张力与水分。将创意放在写作之前，意味着提笔即需触及两种关系。第一是创意与现实的关系，创意应该超越现实，滞后于现实，还是与现实等体积地并存于同一区块、同一时间，不缩不溢？第二是创意与写实的关系，这种关系较上一种关系简单，不再细述。上述两种关系亦有重合之处。作家用作品延伸对生活的思考、判断、记录，以作品向真实的生活寻求匹配，或是独立于现实地标而拔起。我们所践行的具体的创作，无不隐现这两种关系。

创意，也有限制性。完全用物理学家看待宇宙万物的方式去观察生活，获得创意，并且脱离字典现有的——历史遗传给我们的字词，或以现有字词创造出新的更有生机的句子，是我向往拥有的能力。字典中的每个字都是一颗宝珠，明亮神妙，这些字词至今仍是世人写作的唯一依傍——这是幸运也是遗憾。

写作是一件需自然生长之事，非塑造可成——塑造意味着借用外力，而仿效则易缺乏后力。唯创造指向写作的卓然立新。这个"创"，非指向有形之物质，而指向"意"——创意。作家在千百万人中寻求，体会人们对一些事物的共同感受、特别感受，然后轻缚，把它们捕捉到一个具体文本中，在文本中复将它们唤醒，在另一个空间赋予它们活力，关键是脱离模式框架——既为模式，则意味着已被运用或反复修缮过。

写作与阅读是非常值得用时间做的事情，但若有一天，我不写了，去做另一件事，那另一件事就是对前面所有文字的另一形式的延伸。

我愿意将写作视为某些生命个体的自然能力，而非高强度训练后的习得。写作在不断提升一个人的精神系统的敏感度，也在不断探索灵魂的喜悦、悲伤与自由的深度，它不断启动我们的感受系统。写作，是将那些并非常识的话，借由一个个小说中的人物说出，体现作者的洞察力及对各种杂芜信息的接受与提取能力。而阅读，在某种意义上，只是个体努力在另一些人的精神系统中找寻共鸣。让人们坦然面对自己的感受与现实互相连接后的心灵，有时是很艰难的。而能够让一个故事有风雨不透的缜密或有呼吸感，是作家小小的理想。

也许这本小书里的某个人物曾是您的熟人，在一些下雨下雪不便外出的黄昏，您不妨移步这个虚拟时空，与他们重逢。

感恩朋友们的鼓励和爱护，感恩陈晓明老师、范小青老师百忙中写来推荐语，深深感谢。

2023 年 12 月

目 录

客　人　1

洄　游　12

回　家　34

暗　格　65

经典之夏　93

麒麟襷　115

生存联盟　127

熟人社会　144

三天走一县　166

家庭建制　189

杂　佩　213

客　人

一

来的是两个女人和一个男人。

明天就正式开学了，我和妹妹的口袋里各有三块钱。这是爸爸早上起来才给的，我们秋季开学的学费。我们以为今天报到就要交。

但是老师说，今天书没到，明天发书时再交。

回到家，我们告诉了妈妈。妈妈没有收回钱，让我们各自保管一夜，明天再交。

从这钱发下来，我和妹妹的手就都放在口袋里的钱上，怕丢掉挨打。因为口袋里有钱，我们都没出去玩，就安安静静坐着。妹妹提议，把钱放在书包里的一本书中夹上。我说："万一哥哥要看我们的书呢？"哥哥喜欢看我和妹妹的书。

可能因为我家没有养狗的缘故，有三个人过了几家门，直接进了我家，说想喝水。他们一开口，爸爸就愣住了：他们的口音和妈妈的一样。

爸爸喊妈妈，妈妈出来了，也听出了来客的口音。妈妈的反应淡淡的,爸爸却很热情,对我们说:"是你们妈妈家那边来的人呢。"

我们是特别的一家:妈妈是城里的姑娘,被下放到爸爸所在的村子,以为一生都不会回去了,就和爸爸结了婚。

二

爸爸二话不说,首先把我和妹妹的六块钱收走。他骑着他的黑杠自行车出去,过了一会儿,他买回了小麦面粉和两公斤肉,准备包饺子。他要招待这三个人。

爸爸和好了面,剁好了肉馅,让妈妈先包饺子,他自己又出去转了一圈,带回了一瓶酒。

三

第二天忽然下起大雨。家里没有什么好吃的,出去的路不好走,这三个人也没提出要走。昨晚,并不是爸爸想留他们,是他们主动说:"天黑了,能否过一夜再走?"

那时还没到吃晚饭的时间,还有一班进城的车。我听到妈妈对爸爸小声说:"他们能赶上车的。"爸爸没说话,过了一会儿,才说:"难得你家那里来人。"

他们随身带了一个包。上午虽然下着雨,可他们还是出去了,带着那个包,每人头上顶了一块塑料布,其中两块是我家的,有一块还是淡粉色——妈妈特意从集上买给妹妹下雨天上学用的,我都没有。

他们挨家去卖他们包里的物品,据说都是从广州批发过来的衣服和电子表。

他们是走街卖东西的。我看好了其中一件小格子裙子，才四元五角钱，但我知道爸爸不会买。而且，他们住在我家里，他怎么好意思问价格的事呢。我是下午跟着他们走时，听到他们向别人介绍才知道的价格。

我们看着他们冒雨进出，包裹渐渐扁下去。爸爸又出去了。他们一看爸爸出去了，就开始悄悄数钱。

"明天走吧。"一个女人说。

"还有六块电子表和两件衬衫，卖清了吧。"男人说。

"那今晚去哪?"

"还住这。"另一个女人不容置疑地说。

这时她一转头，看到了我和妹妹。

我和妹妹因为没交学费，书都没领到。妹妹上午早早地就哭着回来了。

爸爸说："那都少念一学期吧。这学期我们不念了。"

我们盼着爸爸会像去年下学期一样：开学了，没学费，但爸爸说"爸爸借钱去"。爸爸这次没说。

下午，门前走过上学的孩子，妹妹哭了起来。她哭的声音很大，爸爸一掌打过去："憋回去。"

四

因为下午不能上学了，我和妹妹只能待在家里，也跟着他们出去转了一圈。

这三个人看着我和妹妹，又忽然看到院子的黄瓜架上还有几条黄瓜——这是爸爸特意留的,叮嘱我们不可以摘。

他们中的一个人,让我去摘一条给他们。

我很犹豫,但我不敢不去做听到了能做的事。

妹妹听到他们和我们说话,又不哭了,高兴了起来,她转身就跑去摘了黄瓜过来。她用手捧着,递给了他们。他们也不洗,分成三段,一人一段吃了。

那个男人手里拿着黄瓜,看到院子里有一架芸豆,说:"真好啊。"一个女人说:"去摘一些芸豆吧,我们晚上吃芸豆。"

五

我以为天能很快晴起来。

可第三天早上起来,又下雨了。虽然雨有点大,但离这两公里外的车站却没有传出班车停开的消息。我们这里并不偏僻,离城中心只有四十公里,每天都有两三班车进城。

"昨天的班车也没停开。"我听到爸爸和妈妈悄悄说。

因为,白天那三个人和爸爸妈妈说:"下了雨,回城的班车要停了,我们回不去,在你们这儿再住一天吧。"

六

"再住一天,吃什么呢?"爸爸着急地问妈妈。妈妈第一天还是热情的,但过了一天,他们还不走,妈妈说:"你去说,让他们走吧。"

爸爸说:"我怎么开口?"

爸爸说:"用什么招待呢?"

妈妈说:"和我们吃一样的。"

爸爸说:"那怎么行?"

七

第一天晚上,妈妈拿出了家里的新被单,还有一张绿毯子。那是她结婚时,她的同学还有她在部队的弟弟送的礼物,还一直没有用过。我们几个孩子都没摸过。

它们被妈妈整齐地包在一张白色的包袱皮里。她还有一床蚕丝被胎,是她结婚时外公给的唯一物品。有一年,她整理柜子时看到被胎,和姑姑说,想为爸爸、哥哥和我各做一件棉袄。可是,妈妈又说太可惜,丝绵穿上一冬,就穿坏了。

姑姑摸着它:"那当被子盖更可惜了。"

有一年舅舅从部队过来看她,带来了一大箱子小孩的物品。她之前和舅舅在信里提过,说我和妹妹还没穿过裙子,又说这里常下雨,路不好走,也没有小孩穿的小雨靴——家里没钱,就算有钱也没地方去买孩子需要的这些。她这样写道:"商店里没的卖,一直使我觉得这种安排不错。"

哥哥一直想要一把玩具手枪,妈妈带我们回城时,他看到表哥们在玩。

这一次舅舅把这些都带了来。六双小雨靴,哥哥的是黑色的,我和妹妹的是红色的,穿在脚上都正好。每人有两双。

妈妈和舅舅说:"怎么买穿着正好的?明年他们的脚会长大。"

舅舅说:"小孩就要穿正好的鞋。"

妈妈说:"你太不会花钱了。"

舅舅说:"两双中有一双是大一号的。"

妈妈这才笑了。看到妈妈笑,我们都很开心。那还是晴天,哥哥和我就穿着小靴子出去玩了,一点不觉得靴子是只有下雨天才可以穿的。

后来,整个秋天,村子里的人见到我们就夸我们的靴子,说:"啊,你们的舅舅真好。"

舅舅在我们小学毕业前,就来了那一次。那是外公家唯一来过我家的人,家里其他人四散各地,支边的支边,下放的下放,长大了,都散了。外公外婆也相继去世,全家再没聚到一起过。

舅舅来时,没穿军装,穿的便装,可一看,他就是和我们不一样的人,那么整洁,那么神采飞扬。晚上,爸爸边铺被子边对妈妈说:"把那个被胎拿出来吧。"

妈妈说不用。舅舅也说不用。

可这套舅舅都没用过的床单、毯子和被胎,头一晚就被他们用过了。不用也不可能,家里没有那么多被子。

我和妹妹还没怎么着,哥哥却很生气,说:"他们一压,那个被胎就没法给爸爸做棉袄了。"

难道他们今天还要睡一晚我们的新被吗?

而且他们睡的是我们兄妹三个睡的小房间——是我们的小屋子。

他们一回来,就进到我们的屋子里关上门,好像这个屋子已经是他们的了。我们的小书包、妹妹的皮筋、哥哥的铁环,还有舅舅送给哥哥的那支小手枪,都在里面。

他们只要不开门、不出来，我们就没法进去。

天在下雨，舅舅买的小雨靴也在那个房间里，我们只好一起站在外面的房檐下。

八

我和妹妹没有学上了。

妹妹早上看到其他小孩背着书包从门前过时又哭了。之前哥哥就是因为家里没钱，爸爸说先停一学期再上。哥哥停了一学期后再上，功课跟不上，只能降级。

哥哥虽然后来每门课都是第一名，可还是不念了。好多小孩都说哥哥是"降级包"，还编了儿歌嘲笑哥哥："降级包，大草包，啃辣椒，辣椒辣，死你爸。"

有一次，哥哥的书包上还被人偷写上"降级包"三个字。

当然，哥哥也不是只因为这个原因就不念了。家里要有人干活，而且，爸爸负担不了三个小孩的学费和学习用品支出。七八分钱一本的田字格本、小算本，他都不给我们买。哥哥有时觉得丢人。

而我和妹妹就想上学，不让上学就哭闹。虽然我们是女孩子，但我和妹妹脸皮都比哥哥厚，就算要降级也想去学校。

现在上不了学，就先不上了，但我打定主意，下一学期，如果爸爸有钱了，能给我交上学费了，我跟得上原来的班要念，跟不上我也要念。我是女生，我更不想降级。

这一年，是1982年。改革开放四年了，可我家还是没有钱。妈妈没有回城，城里的亲戚也是各人管各人。因为妈妈是外地人，在本地，我们是缺了一层亲戚的，爸爸的其他家人也早在几年前都去城里定居了。爸爸因为年纪最小，便留了下来。因此，家里忙时根本没有帮手。

九

"我借到了十块钱。"爸爸回来了，他的衣服湿了半透。

"我去小卖部买点熟食吧，再买点白糖和肉，晚上就做糖饼吧，再烧一道汤。"

"你借了十块？问哪一家？"妈妈问。

"小声点。"爸爸向我们的小屋子看了看，"收稻子的表叔家，他说如果我们现在还不上，可以冬天卖稻子时从稻子钱里扣。"

"那你怎么不多借点？"妈妈急了，"再多借六块。"

"我怎么张嘴啊，以前都借过一次了。而且，他说他也只有这点现钱了。"

十

妈妈开始和面。爸爸买回来白糖、面粉和一只酱猪肘，还有四瓶啤酒。他开始陪他们吃饭。

家里有外人吃饭时，我们小孩并不上桌。这一直是我家的规矩。

因为吃到了糖饼，妹妹高兴极了。

糖饼我们不常做：一是因为此地不产小麦，面粉都要花钱买；二是因为妈妈很忙，她没时间做，而且她觉得把时间花在做食物上很浪费。

十一

第三天早上,天终于晴了。下午,住了两晚的他们终于张罗着要走了。他们那一口袋货物已经卖光了。他们卖的电子表五块钱一块,隔壁的紫紫、小民都买了一块。电子表是显示数字的,不是带指针的,这使我们都感到好奇。

一块表是怎么知道时间在变动的?头一晚,他们还有一块表没卖出,那块表好像有点什么问题,那个男人一直在修。

一个女人说:"就这一块了,不卖了,走吧。"

另一个女人说:"不要剩,带出来的,就不带回去了。下次到广州不上这个货了。"

他们一直拿着那块表。

哥哥正在劈木材,一连几天都下雨,家里快没烧火的柴了。他们不时看一眼哥哥。

妹妹说:"他们是要送一块表给哥哥吧?"

我急忙捂住妹妹的嘴,又把妹妹的头转到我这边——爸爸妈妈教过我们不要去看人家的东西,更别说要了。

我是姐姐,我要更懂事。

我悄悄对妹妹说:"别人的东西,给也不要。"

妹妹说:"那不能让爸爸买一块给哥哥吗?哥哥一直想有一块手表。哥哥每天的表都是用笔画在手腕上的,哥哥要有一块真正的表多好啊,他就不用每天画了。"

那块表后来卖没卖掉我不知道,只知道他们又出去了一次。我们这里的人都很挑,有缺陷的东西,估计再呆笨的人也不会要。

芸豆、黄豆、红豆还有稻米,这些东西家里有的是,也不值钱,他们临走时,爸爸给了他们每人一份。

"他们都叫什么名字?以后就不走动了吗?连个地址也不说就走了。他们不想与我们走动吗?他们请你回家时顺便去他们那坐坐了吗?"

他们一走,爸爸就问妈妈。

妈妈"呜呜"地哭出声。她说再也不想理爸爸了。

十二

后来,我们一家回了城里。城也不大,但这三个人,我们再没遇见过。我们也从没再谈论过这件事。

祖父去世后的第三年,我和妹妹回到乡下。一个邻居见到我们,说:"你们家亲戚才来了。"

"哪个亲戚?"我们问。

"你妈妈娘家的,那年住你们家卖电子表和衣服的。他们又来卖衣服了,卖俄罗斯的呢子大衣。"邻居答。

妹妹看了我一眼,说:"我们家从没有这样的亲戚。"

我和妹妹回去的时候,居然看到了那三个人中的一男一女,他们同我们坐一辆车回城。

他们和我们同排而坐。那个女人看向我,我也迎着她的眼睛看她,但她并没有认出我,我也不愿她认出。

她向我点头"嗨"了一声。后来我们彼此再没有说话。

十三

"嗨,这三天,入不敷出呢。"车才开,他们两人开始讲话。

"我们卖衣服的利润还不够这几天吃饭、住宿的呢。"

"这村子我们以前来过,我记得当时就住在东头那家。"

"是这次住家的隔壁呢。"

"我一直后悔那年住在人家家里一分钱没付,走时连一块电子表都没舍得留下。"

"我好想回到那个年月去。"

十四

妹妹看了我一眼,我轻轻握了一下妹妹的手。

我的学校教育,停留在那个秋天的开学季。学校对我们这种情况的孩子统一做了降级处理,哪怕我们自己在家把那些课文都背熟了,数学书里的题也全部会做。我终于像了哥哥,没能克服自己的害羞心理,何况我又长大了一点,比哥哥更加害羞。

妹妹休了半年学,又去了学校。她作为降级生,一直到高中都是班里年龄最大的一个,这使她常沦为谈资。

洄　游

一

早上醒来，阿原感觉好了很多。

昨天只是乘坐了三小时的航班，阿原却晕得翻江倒海。一直以来，阿原的中晚餐都只吃到六分饱左右。觉得疲劳时，阿原会补一杯下午茶。如果下午茶加了点心，那晚餐就不再加主食，只吃一份水果或一小碗薄粥。这是她自小从祖母那延续下来的习惯，培志也了解。祖母的兄弟姐妹有六人，父亲这一辈有三人，到了阿原这一代，逢上独生子女政策，家里只阿原一人。

昨天，阿原胆汁也要吐出时，一向彬彬有礼地护她的培志有些惊住，说："怎么有那么多食物吐出来？"

他把湿巾递给她，同时也将一张湿巾掩到自己的口唇部位。

晕车，是阿原一直没有克服的问题。

这次东京之旅是纪念他们结婚一周年的旅行。结婚时计划一起旅行，因为事情多，推迟了。两个人已经在一起住了一年，没有生育小孩，仍可算新婚夫妇。

这一次旅行，地点是阿原和培志一起商量的。他们一起喜欢过《东京爱情故事》里的少女，没有成为男女朋友时，一起唱过里面的主题歌《突如其来的爱情》。

阿原告诉培志："我总是会因为小时候看过的一部电影或者听到的一首歌而想去一个地方呢。"

培志笑她："那没有几个地方。"

"那是为什么？"

"因为你要去上学，放了学还要去参加辅导课，你妈妈一周只让你看一次电视啊。"

"那也有很多啊，我这么大年岁的人怎么会没有自己的一部观影史呢？"

阿原的妈妈告诉培志，阿原高中毕业之前家里是没有电视机的，因为她没有时间看，晚上都上晚自习，大人也跟着不看，怕影响阿原。

培志跟阿原说自己中学时和家长斗智："小时候我喜欢看动画片，我高中之前家里有电视机，可是我一到家，他们就把电视线收起来。我有一次偷买了线，趁爸妈上班自己装上电线看电视。结果我爸爸回来摸到电视机是热的，让我挨了一次打。后来，我每次都是一边看电视一边给电视机扇扇子降温，还用冰贴给电视机做冷敷。或者让看过某部剧的同学在学校给我讲。再后来我和我妈保证，我看电视也不影响考第一，我妈才给我看了。可她后来又反悔：'你看电视的时间用来做题可以考得更好啊。你们学校的第一一般只是去南大，你再多几分去北大嘛。'上学时，同学给我起的外号就是'小镇做题家'，这个称号让我洋洋得意了好几年。但是现在，我一听到'小镇做题家'几个字就想

13

吐。这是我的超级大'吐'点。"

"哈哈。我这一生只晕车。我也是一个三线小城做题家呀，哈哈，同道哦。"

这个城市新近一两年开始有了地铁。昨天回来，在选坐出租车还是地铁之间，阿原和培志争论了一下。

坐出租车要花费一百五六十块，还堵车——这城市什么时候变得这么大了？小时候，可是一个小时就可以绕城周游一遍的。坐地铁虽然时间有保证，但是人多，还要等车。

阿原问培志："你是为省钱吧？"

培志说："省钱不对吗？而且出租车慢，这个时间也堵车。"

阿原说："我也没有特别想快到家，早一点、迟一点我没有着急啊。我只是想出租车有位置坐，车窗打开，能有风吹到，我想可以舒服一些。"

培志不说话了。培志不说话就证明他不认可阿原的提议。

阿原依了培志。

航班有些晚点，培志妈妈早烧好了晚餐，他们一下飞机就收到了妈妈问他们何时到家吃晚饭的信息。

二

在阿原心里，这个城市有三个中心点。

这三个点分别是自己读过的小学、初中、高中。围绕每个点，都是几个三百六十五天的天天相见。

现在，阿原不知不觉间长大了，这个城市也忽然变大了。

从前，以为自己高中学校的后墙就是城市的一条边了。越过这条边，就是出城了。现在，偶尔从高中校门前过，再没有当年那种它是城市的一条"边"的感觉了。它好像已经是城市被扩大后的中心了。

以前，站在高中校门前，四下一看，有两面是楼群、街道，一面是菜地，还有一面是通往远处的路。

现在，路还在，菜地却没有了，长出了看上去十年百年也不必去收、去重种的高级文明物种——高楼。

没多久，只有大城市才有的地铁也出现在这个三线小城的规划图里。

那是掩藏在可见的地面下的另一条路。

地铁的出现，让阿原对这个陪她长大的城市有了生疏感，它的存在，似乎使她和这个生身之城有了隔阂。

地铁建成一年多了，她还一次没有坐过。

阿原不好奇它，也不抗拒它。

地铁作为一个一下子多出的庞然大物——怎么可以那么突然就出现——有时路过它，阿原会生出委屈的感觉。它那么巨大，又出现得如此突然，这对于她的生活，是袭击。她怎么可以没有参与讨论就接受它？

而且，阿原害怕那种人与人之间密切挨到一起的气味。

地铁列车就是使人与人之间发生这样密切接触的工具。

在阿原很小的时候，这个城市开始有了公交车。阿原的妈妈从没带她坐过公交车，都是骑自行车接送阿原。阿原去哪里，都是坐爸爸或妈妈的自行车。她到了十二岁，法定的可以去路上独自骑自行车的年龄，爸爸妈妈给她买了专属小自行车。

15

她不喜欢公交车的摇晃、人多、喧哗、缓慢。

从一辆单车，到公交班车遍布，再到人人自己开车，这个城市在阿原的眼睛底下越来越扩大着外围，好像挤占的都是阿原的私人空间。是的，阿原明显感到自己的私人空间越来越小。

阿原开始工作的这些年，从自己的家出发，去火车站，去单位，去机场，去各种场所，她从来没乘坐过公共交通工具。

除此之外，还有一个原因，阿原觉得，乘坐公共交通工具，自己的很多衣服、高跟鞋都无法穿了。

三

阿原将一早才穿上的长裙换了下去。这是昨晚备好的今天穿的衣服，阿原总是提前将第二天要穿的衣服准备好。阿原换上一条短裙、一件白衬衣，戴了上次叔叔送的一颗南珠，呼应短碎花裙子上起伏的亮金色，然后，找出一双平底鞋穿上。

这天是周末，不需要上班。

阿原早上醒了就计划这一天其他事不做了，专门出来看看自己住了多年的这个城市——出去读大学后，她以为再不会回来的地方。

所有曾被自己拒绝过的公共交通工具，她想今天汇总用一次。

一些公共交通工具穿过而自己之前从没去过的街巷，她想在车上看一眼。

这是她昨晚忽然有的一个想法。

之前，她从不用它们，包括去机场都是自己开车或者叫出租车。在这样的一个角度，阿原可以清晰地看着高架路，川流不息的行人、车辆，高架路两边密不透风的楼群。

但昨天，在培志的坚持下，她第一次在本市坐了地铁。她在其他城市无数次坐过。

地铁车厢里很拥挤，人和人密密地挨着。

每一站都有计划好的到达时间，并不会发生堵车。

有一刹那，她似乎觉得氧气不够用，可一转头不适感也就减轻了。可能只是心理的错觉。

一条无穷远的、无尽循环的地铁隧道，她在这个隧道里，在一列车上。

当她到站下车，走到地面上，已经是夜晚了。灯光正努力使夜在每个人眼里变得尽量轻微。

从没这么真切地看过这些急匆匆又清晰的脚步，当直梯升上来，最先入眼的就是街面一双双移动的脚。

城市最大的变化就是使更多的女人褪下了高跟鞋、长裙，换上随时可以奔跑的"战士"装扮——随时可以挤各种公共交通工具，可以任意切换为适合各种场地上的"擒拿蒸炒"模式。

有一套禁得起灰尘、人群之间的摩肩接踵，以及车辆每一次停靠和抵达的磕碰的衣服，已是这个城市的成年人必备装束之一。但阿原不喜欢那样的衣服。

这是阳历六月中的一个周末。

人群紧密处，皮肤碰上了都要黏一起，呼吸里会呼到彼此早餐的气息。

城市生活更粗糙的一面在盛夏尤其会显露无遗：每天要换下

拖地板后的汗湿衣服才可以体面地出门,而出了门,又是一件被汗水濡湿的衣服加身。

乘坐公共交通工具常意味着前后左右都贴着人,有限的空间里全是人,充斥着夏天的各种味道。这味道像陈年不洗的冬天的棉大衣,在早晨里散开,冒出油烟和灰尘。

阿原那些坐公交上班的同事,爱美的,每天都要早到十分钟——为了能在坐到办公桌的椅子前,从容赶去洗手间重新换一件衣服。

也有一些同事,如果没有邀约、接待等各种任务,平时就以在自家厨房里的打扮上班。

经过漫长的公共交通抵达单位,再好的衣服也会变得松弛和皱皱巴巴,有了汗渍和灰尘,有了别人的气味。那是从人流的潮水中穿过、从上下班的蜂拥中挤过的印记。

蓬头垢面,袜划金钗溜,是街上常见的刚从公共交通工具上下来的人的样子。所以这街上,这城市,盛装的女人和衣着整齐的男人都不多。

本以为,在这样密集人群里奔走的生活都是别的城市的,不是自己城市的。十年前,阿原到了比自己生活的小城繁华的大城市读书,见识过那种拥挤和稠密后,觉得还是自己的小城宜居。

阿原工作后,添了更多好看的衣服。阿原怕搬来搬去,所以每一件衣服都想天天放在身边,让自己随时选用。这也是她喜欢在一个地方久住下来的理由。房屋、器具都是外物,衣服算起来也是,但在阿原看来,衣服是自己身体的一部分。

每一天都穿着自己喜欢的衣服出门，那是多开心的一天开始的仪式啊。那是一个年轻的女孩在发自内心地对自己表达尊敬和热爱。

四

阿原从小时上幼儿园，到长大后上学，都由爸妈接送。阿原的成长史，简直就是一部完美的爸妈育儿史。

爸妈之所以处处陪护、接送，一是为安全，担心她一个人走路不安全，怕诱拐孩童的坏人在阿原身边出现；二是有心结，阿原幼儿园时的一个同班同学，放学回家时，跟在奶奶身后而没有拉手走，就在自己家楼下掉下窨井，被地下污水卷走了。那对父母很快就搬离了，再也没有回来过。据说，因为伤心，他们也没再去生一个孩子。

他们的房子一直空在那，就在阿原家对面不远。那样的一间空房子在这个城市是不容易卖出去的，那对父母可能也不会卖，但也不会回来住。

从那件事发生以后，她到哪里，爸妈都会护送，尤其到了这个城市漫长的雨季，他们更是到哪都紧紧拉住她的手，一刻不松。

现在，她长大，结婚，开始自己开车上班，去商场、机场。

爸爸妈妈这几年也退休了。为了避开冬天的冷和春天飞花时的皮肤过敏，爸爸在一个南方小城买了一间小屋，一年中有半年时间在南方住。

而阿原，也有了培志，有了另一层父母。他们放心了很多。

他们老了,但也终于可以过自己的生活了。

阿原穿好衣服在门口站了一会儿,打开遮阳伞,向小区出口右侧的公交车站走去。

她不知道要来的那路车是去往哪里,但是,她知道公共交通的目的就是将这城市的每一处连接得严丝合缝,无论坐上哪一路车,去了哪里,都能转到自己想到的终点;无论路怎么弯曲、有距离,都有可沟通的交汇之处。

到的是一辆52路车,阿原不加选择,收了遮阳伞就上了车。这个城市的公交线路一向是按次序增加。第一条就是1路车,第二条是2路车,依次排列。这52路车就说明,这个城市的公交线已经有五十条以上了。

阿原小时候,这城里没有几路公交车,从她小时候到现在,只有二十几年时间罢了。都有了五十多条公交线路了,自己居然一条都没有坐过,她想。一上车,阿原就开始看车上的路线图,一共有二十站,起点是长途车站,终点是火车南站。阿原上来的这一站,已经是起点之后的第六站了。

这路车经过市中心的两个医院。阿原周围的几个人都在怀里抱着大饭盒。这每一个送饭的人,都是一家人中的一个啊。那生病的,也必是他们的一个家人。家庭是一个多么奇妙的组织机构啊。

无论一个人是男是女,是年少还是年长,都有一个家庭,有或多或少的家人与之密切相连,不会是单独的一个。

这世上有单独的一个人吗?无长、无幼、无亲、无戚,或者无妻、无子、无母、无父？有，但应该不太多。

　　人这种生物，总是要在很多人的围裹里活着才觉得是在活着吧？一边背负着很多家人，置办着很多物质，一边又骂骂咧咧地觉得金钱是污浊的。

　　车上有几个人说话声音特别大。阿原低下头，用袖口香水清淡的果香掩盖那些声音。好的香水是该有消音作用的。

　　贴在阿原后面的一个男人在打电话，一点没有降低声音的意思，一字一句锥进阿原的耳朵："哈哈，我是很务虚……好吧，那兄台你研究的月球地理总算是务实的吧？你们学物理的都务实，我搞人文的都胡来。我有个拜托啊，什么时候和月球通航，记得通告我。当然，你们票价不要定高，就定在我工资水平扣除生活费可以攒够的范围，或者你赠一张机票来，或者我能在那谋到一个差事，我也从今洗手不务虚的了。"

五

　　52路车的终点是火车南站，火车站下面有地铁，就是阿原昨天才第一次坐过的那条。

　　这个城市的地铁已经修有三条线，分别称为1号线、2号线、3号线，其中1号线是环线。

　　阿原下了52路公交车，转上了地铁。

　　阿原上了往机场方向去的一列。昨天她刚从那回来。

　　地铁上，所有人都拖着行李。

　　这个城市有了机场后，就有了机场班车，现在又有了地下线。

大地有多深啊。天上有航班，地上有火车，这个世界，越来越成为奇迹呈现的场地。这些，都曾是阿原二三十年的成长中无知无觉的部分。

机场在这个城市的最外围，曾经是这个城市下属一个县的野外部分。

机场的反方向则是公墓。那个方位，阿原二三十年里去过几回，阿原的祖父、祖母埋在那里，一些阿原没见过的亲人也埋在那里。

那里有一色的水泥墓，仿佛永远不会被腐蚀的水泥。然后，是材质更结实的墓碑。墓碑下，隔着一层水泥，安息着早已没有了温度的人。

埋祖父时阿原也在。爸爸说，当年，他的爷爷下葬时还只有木棺。是长在家门口的一棵有生命的树载着太爷爷入土为安的。

有一天，他们会一起成为泥土的一部分，木头和血肉一起融入大地，不会担心和大地彼此失去。

而到了阿原祖父这，已开始实行火葬了，只能被小而结实的陶瓷罐收埋了。

被烈火烧化过的肉身埋入泥土，却还是和大地隔了一层陶瓷，不知到哪一天才能真正合而为一地化掉。化掉才是归宿啊。永不化掉，谁来延续那冗长的祭奠？有亲人气味的祭奠才有意义。

埋了祖父的这一天，阿原第一次感受到自己所在的生活和曾经的生活开始有裂缝。

然后，阿原结婚前，爸爸又特意带她去拜祭了祖父和其他祖辈，向他们禀告阿原的婚事。

这一次，他也带了培志来。在阿原老家的风俗里，带他去了祖宗坟上，也是正式认培志做了家人。

六

在这个城市里，阿原和培志一起长大。

同年，同级。

读同一所小学、中学，然后，同一年读大学，又碰巧都选择回到这个城市工作。

在这个城市中，有他们各自的父母，有不用奋斗的房子，有踏实笃定的各路亲人，有不用他们忧虑经济的人生。

作为独生子女，他们不是没有勇气远离故乡去远方生活，但他们的父母没勇气放他们远走高飞。回来也好，不用忧虑住房，一马平川的一生是和平世界幸福人生的终极存在方式。或者说，是在贫穷中度过半生的上一代人对幸福生活做出的定义。

是的，很多人奋斗了十年、二十年、三十年，最后想过的，无非是这样稳妥的有房屋、不焦虑衣食的生活罢了。以物质所给予的安稳为底，精神也更将趋于平静：她和培志，不会有父母那一代为物质而生的焦虑和争执，不会因这些嫌隙而影响情绪，彼此相处的情绪不会被这些因素破坏。祖母对阿原说过："为衣食忧愁时，人是没有好脾气的。"

处于这样的情境，感情也似乎多了几层无可挑剔的温润做包裹。为谁多做一点家务就争吵吗？不会。请一个家政工人好了。为了节日少了彼此一个礼物吵吗？不会，本来已无所缺。

自从有了网购，有了笔记本的提醒服务，在网络上选一个礼物，网上付款，不用挪动一步，表达心意的实物就被送到门上。节省了去商场的人工，节省了时间，也减少了因礼数不周而产生的嫌隙。

这个城市，因为有一条大河从中间穿过被隔成河南和河北两个部分。河上有桥，很多年前摆渡过河的方式早不在，近几年，河水之下还有了隧道。

从前阿原每天上下班都是走河上的大桥，有了隧道之后，她每天上下班都从隧道走。

这一段隧道时间，曾是阿原一天中最感到神秘的时间。头上是河水，她开车从河底下穿过。曾有一个刹那，她坐在车上恍惚想到一个假设：

河水从隧道顶上透下来，淹没了她的车子，两侧无数车辆被大水围困。然后天黑下来，她永远留在这段隧道中，再无可能扩大生活的半径，她安静地在水下过完余生。

可是，几分钟之后，隧道过完，路就又出现了——她驶出了隧道，各种喧嚣的声音又齐涌到面前。

如果是早晨，太阳明晃晃地直挂到车窗前；如果是夜晚，眼前万盏明灯闪耀，又是热腾腾的生活——爸爸妈妈在问她晚餐吃什么，培志在问她几点到家。

现在，她和培志住到一起，他们说，这就是——婚姻。

他们有单独的房子，培志的爸爸妈妈家也有他们的一间卧室。培志的家人没有催他们生宝宝，阿原的家人也不担心她和培志如何相处。

大学毕业的夏天，高中同学聚会，阿原遇到培志。酒会后一起唱歌、跳舞，培志问阿原，说："做我女朋友好吗？"

阿原说："好。"

说出这一句之前，他们只是小学、中学同学，共同熟悉的人事虽多，彼此之间却并不是很熟；这一句之后，他们开始交往。

秋天，阿原顺利考取了工作岗位，培志在出国读博和工作之间徘徊。

培志爸爸说："读书这一百多万，在这城市够你把一个家安得稳稳的了。一圈书读下也就是为获得一份工作、一所房子，为安安稳稳去生活。"

培志心里想出去，因为他知道，这一次不出去，这一生也就局限在这个城市中生老病死了，能离开的机会不多了。

现在，有了阿原，他犹豫了，虽然他已经收到了录取通知书。

培志提议阿原同自己一起出去读书，阿原征求父母的意见。

阿原出去读书再回来，也未见得就能有好过目前这份的工作，这是阿原爸爸的认识。

而且，阿原爸爸妈妈存款的主要作用是给阿原买嫁妆，他们想风风光光地让阿原出嫁。他们在这小城生活了一辈子，风光嫁女儿是他们小半生的理想。

培志家里，若培志和阿原先结婚，就更不会让他们远行出去读书了。然而在家边上攻读一个不温不烫的专业的博士学位，又不是培志的心愿。而出去，阿原这一方的学费、生活费，父母断不会出。当然，若出了，以阿原的心气，也未必接受。

培志曾经的理想是成为机器人工程师,小时候就一心喜欢。出国读书,他是为了了解不一样的教育,而不只是看世界。若是为看世界,去旅行就足够了。一年去两三个地方,十年、二十年下来,也就差不多搭到世界的边了。

其中一个说服培志留下的理由是,几年之中,培志眼见几个在国外名校读完了博士的同学回到这个城市安然地结婚、工作,好像他们只是去看了一场赛季比较长的球赛。有在其他城市安家的同学,有在上海、北京的,也有在比这个城市还偏远的小城的。

五六年、七八年的时光走过,生活的表面都一样,每个人都在为生存奔忙,要买房屋,要嫁娶,要洗碗、买菜,要用一样的程序过日子。然后,才是其他。只是顺序有点不同而已。

这样一想,培志的心才渐渐静了。

"看过一个世界与没看过一个世界实际也没有什么不同。"有一天晚上,阿原和培志一起溜去小学的操场上,阿原趴在双杠上,对吊着单杠的培志说。

"经历是个人的部分,有时只是为回忆,不是用它生活。"

"那只是个体的心理感受。这个世界上,人是有心的,物也是有心的,不能忽视了心而只看外在长成什么样子。"

"殊途同归,大家最后总是要同归的。"

那个晚上,阿原和培志还没结婚。

阿原在遇到培志前,也偶尔想象过未来的结婚对象,不知道是否实际,但也是有血肉的。虽然遇到培志时,她还没有去谈一场恋爱的欲望。只是人生的进度表,到了婚姻这个貌似必选的项目下。

阿原心里的好青年应是青春健壮，爱劳动又仁义、憨厚，要会耕田，会打猎，会骑马，还会徒手盖出一座房子的——只要土地不那么贵，这才是可以成为丈夫的男孩子。

作为独生子女的培志，是在父母心尖上护着长大的。培志的祖父母只有他父亲一个儿子，因而他也就没有其他堂兄弟姐妹；他有一个姑姑，年过四十，还是单身。阿原也并无其他兄弟姐妹。

所以，当培志和阿原决定结婚时，双方父母都是开心的。孩子总算有一个伴了，他们多么怕孩子孤独啊。

七

阿原结婚时，伴娘是小学同学瑞微。

她以为，她和瑞微自初一那年分开后，再也不会有见面的机会。初一结束的暑假，只是一名普通教师的瑞微爸爸卖了家里在城中心的一所老房子，给当时才十四岁不到的女儿瑞微办了加拿大移民。她在商场工作的妈妈正好下岗无业，便一起办了陪读。

凭着这一所房子的支撑，瑞微去了异国。

高中毕业后，瑞微申请了国内的大学。凭出国时的成绩，瑞微读不了这城里的重点高中，而读不了重点高中，意味着升入一所普通大学都难。

一年前，瑞微回到这个城市的开发区任职，彼时身份是北大的博士在读生，提前和家乡的单位签下了工作合约。

回到家乡，是瑞微惦记了很久的事。

这是瑞微爸爸没想到的。爸爸以为,瑞微不会回来了。一个小城市的女孩子出去了再回来的概率是很小的。

瑞微出去时,小城里没有一个出国留学机构的牌子,现在则是铺天盖地了。那时,年轻人选新衣都要坐上八九个小时汽车去上海买,他们认为上海的衣服新样式多,洋气。瑞微爸爸大学毕业回到家乡小城,和当时做国营商店售货员的瑞微妈妈结婚。但他的同学留在上海的很多。二十年前,在上海,普通家庭孩子出国已成一股潮流时,此地人还皆以为出国是遥远的和自己不沾边的事物。爸爸说:"城是分线的,分的是啥线,一线二线。线画在哪里,是很清楚的。"

爸爸有一次对瑞微说:"爸爸现在过的,起码是叔叔十五年前的生活。大城市的人过完的生活,思想的境界,精神的经历,用了十年时间,传到咱们这。"

又有一次,爸爸说得更直接:"我们小城市很多时候过的是大城市才过完不要的二手生活。你不去和他们一起——我是指同步去经历一点,将来你都无法有资格去讨论和论证这些对自己的意义。而所有的求而不果、思而不得并不是用放弃就能了结的。"

当然,爸爸的初心之起,是瑞微当时的成绩。在这个城市,重点高中读不上,就基本意味着无缘大学。对当年哭着被爸爸送出去读书的小女孩,爸爸也有无数的舍不得,送她出国只是无奈下的权衡。但既然已经离开,就不要回来,回来了,也要借此机会换到一个交通、资源更好的城市。

然而,瑞微的回来,却结结实实地给阿原增了一分在家乡生活一生的底气和活力。好像有一刻,阿原沉到生活的某个水塘的底部了——可瑞微来了，把她打捞了上来。

瑞微那么轻易地就化解了阿原心里莫名的隐痛——瑞微回来了。

是的，生活就是小伙伴们穿上新买来的小裙子一起喝喝茶、唱唱歌的下午啊，就是有瑞微这样一个出去又回来的小伙伴的下午啊，这是成年后仍能冒出蓬勃朝气的时刻。

隔上十天半月，来上这么一个有瑞微的下午，这样的下午，让阿原偶尔地想通了生活。

八

地铁到了机场站，阿原没有下来。

各种指示牌下的机场地铁站，人流涌动。这个城市，每天有多少人从这出去，又有多少人从这回来啊。

昨天下了航班晕吐的那一刹那，阿原心里有委屈，觉得培志不会照顾自己，又觉得他一定一直嫌弃着自己的娇气。可是，那小小的细节放到隔天一看，被新一天的大太阳一照，就照没了——自己真是太计较了，这世界那么多人，这机场那么多人，自己和培志就是今天看到的这人流中微不足道的两个。人都如此微小，发生在人身上的事件、情绪更小，阿原想。

婚礼上，阿原爸爸对培志的爸爸妈妈说："请多关照。"

培志的爸爸妈妈对阿原说："请多关照培志。"

对这一句话，阿原妈妈是有一点不高兴的，应该是培志关照阿原啊。

可阿原反对妈妈，说："两个人互相关照啊。"

爸爸支持阿原，对阿原和培志说：

"将来我们总会先离开，在这世上，只有你们是亲人。在一起久了，就是亲人，是血和肉都能长到一起的亲人。这种感情不要轻视，也不要轻易放弃。不管这世界上的婚姻变得多么不可信任和动荡，你们不遇到特别破坏原则的问题就不要轻言离散，要一起好好的，一起去走尽量长的路。这样不是为了我们放心和安心，是你们年龄越来越大以后，会更知道自己多么需要有个血亲之外的伴侣。

"让你们不再去爱上别人是残酷的。爱上另外的人，有可能发自内心，也有可能是外部条件所致，这些都可能发生。还有其他不可预知的困难，等这些——无论小问题还是大问题出现在眼前的时候，希望你们闭上眼睛，用一分钟时间回想今天——你们这样站在一起，被我们祝福。"

阿原在座椅上，闭上眼睛。

妈妈对阿原说过："你会慢慢生出属于自己的、足以对付人生的铠甲，你早晚会成为一个身披铠甲的人，可以刀枪不入地对待生活。"

妈妈还说："这铠甲厚不厚，要一生的时间终了才知道。这一件铠甲，别人给不了你。熔铸这甲片的，是你可以掌握的物质，是对磨难的真心领悟，是你会的一样东西，是你对付生活的独特办法，是这些之中，你有增无减的、能让自己活得好一些的底气。"

这些话说得如此郑重——自己只是去结婚呀，又不是去到一个不可回还的战场。

约定一起生活的誓言，说了也可以不算数的，也可以算数一会儿，不管这一会儿的长度，是半生还是一生，总要偶尔记得用它当生气时的修正液。

"这世界总是有规则和秩序的，可这些规则和秩序远不够完整。生而为人，就生在其中。是的，我会爱上其他人，因为我一直欣赏比自己更优秀的人。我是正常的女人，是还会再成长的女人，我可能也抵御不住那些诱惑，也会厌倦自己。但我会爱被双方父母、亲人祝福过的婚姻，我不会不管不顾。年纪越大，我会越好。我会和培志一年一年过下去。

"而培志，也会遇到他自己的状况吧。他和我，也只是偶然遇到，刚好条件合适。也许都不是爱，但因为某些条件的契合，两个人选择了共同生活，选择了缔结婚姻，两个从小都无兄、无弟、无姊、无妹的人，我们只是希望用婚姻这个形式带来一个亲人。

"培志有一天，也会遇到很多纠结，遇到更喜欢的人，或者，他希望独自一个人进行他的人生。他说过，集体生活使他厌倦——婚姻就是一个延续的集体生活。一个安安暖暖、平平淡淡、琐琐碎碎的婚姻，是否值得让人经历？是否，和谁过都如此？"

妈妈说："那些消磨婚姻意志的不愉快，比之于孤独、病痛、死亡与离散，都是轻微的。"

"只要活着，就要在每天早上高兴地醒来——打扮得漂漂亮亮的，振作地去生活，这是成为幸福女人的捷径。"

九

  这一年，两个人一起过下来，生活真的也都只是小事情啊，禁不起回想。那么多小题目、小凹凸，睡了一夜就会在心里抹平。

  最容易起皱的是什么？每一天都能被抹平整的是什么？作为人，不会去惧怕处理它们。倚在地铁上，在咣咣当当的声音里，阿原忽然发觉大半天公共交通晃下来，自己并没有晕车。

  离开东京前的晚上，阿原和培志去街上走——手拉着手，阿原说："多像去年，去年这时，我们决定结婚。"

  "我们已经是过了纸婚的人啦。"

  "纸婚也许是另一个意思，不是说婚姻，是说经历了第一年婚姻的人，像一张纸，经不起雨水、泪水浸泡，也经不起挫折和摩擦，容易被泡烂和起皱。"

  "婚姻就是一个团队组合啊，一起养养儿女，对付各种以一个人之力对付不了的困难，互相陪伴一下。"

  "纸婚下面是什么婚啦？"

  "布哈，然后呢，皮革、木、铁、铜——哈哈。"

  "布，我们从纸升到布啦。"

  "哈哈，能打上结啦——"

  "第二年是杨树婚，我同事说的，他们家将第二年叫杨树婚。"

  "没有差别。"

  "人生不只有婚姻啊，还有父母。"

"我自己知道,别人看我似无所求,可我缺的多了去了。"

时间是正午偏后了。从机场站出来,阿原又转回到了火车站。

从地铁站上来往公交站走,沿路一溜是书摊,阿原一眼看到几本可爱的小台历。现在远没有到年终,但新台历已经出来了。阿原过去看,有的以十月为第一页,有的以十一月,有的以十二月。阿原惊讶:新一年不是从一月一日开始吗?新台历的第一页不都是一月吗?

卖年历的小姐姐笑:"还有从九月一日开始的新台历呢。"她拿起一本指给阿原看。

培志打来电话,问她晚餐的安排,说下午一个高中同学从外地回来,晚上要请他们一起聚会,问阿原是否参加。

阿原算了一下时间,说:"那请他到家里吧,我一会儿去菜场,我们还没在家里宴过客呢,今天就在家里准备几个小菜,大家喝几杯。"

挂了电话,阿原给培志发信息:"还记得你的机器人工程师的理想吗?我今天仔细想了你之前的建议和爸妈当时说的那些话。这个问题,我要和你重新交流。"

回　家

一

牧逊来塞罕坝林场的第一年，就遇上了大事。那年春起后大旱，夏天还没过完，树死了十二万亩。

来围场报到那天，牧逊看到的场部，周围全是荒山，没有人烟，只有飞沙、走石，一眼望去，能让树种下去的土都不够。

进出围场，没有柏油路。来报到之前，牧逊买了一张地图，做了份回家路线攻略。事后证明，这份攻略细致、靠谱。

从工作地回苏北乡下的父母家，唯一的捷径是先从北京中转。林场到北京这段，全是沙土路、弯路，没有一段是好走的。

场部设在塞罕坝。从塞罕坝出来，要依次过御道口、牌楼、郭家屯、丰宁、怀柔，然后到北京。从场部到北京这段路，约五百公里，全是土路，没一米是铺水泥的，逢上雨雪天就烂得翻浆；晴天路好走得顺利时，也要走一天，不顺利的话得走两三天。

到了北京，再去北京火车站转车。从北京到南京，是二十多个小时的火车路程。

有一列特快，牧逊记得，途经的停靠站只有十一个：北京，廊坊，天津，沧州，德州，济南，泰安，枣庄，徐州，蚌埠，南京。这列车的运行时间短一些，但票很难买，他买不到。

票价也在牧逊的攻略内。后来几次回家，从北京到家里这段，牧逊果然也没舍得买卧铺票，太贵了，当然，不提前买的话，现买几乎买不到。

这话说的是几十年前，那时没有网络，想买一张有座号的票，只能提前去站里的售票窗口排队买。当时，也没有实行异地订票制度。牧逊不可能只为买一张有座号的票就提前来一次北京，只能到北京转车时现买，赶上有硬座买硬座，赶上有站票买站票。买到一张有座位号的票能让他高兴得跳起来欢呼。

为应对买不到座号票，牧逊从队友那学来一个方法：在旅行袋里放一个小板凳，拎上火车，坐自己的板凳。他还随身带着一张报纸，并不为看，而用于蒙头睡觉。火车上人挨人，眼睛对着眼睛，报纸正好遮脸。出了北京，火车停的第一站是廊坊。

一坐上出北京的火车，牧逊就开始觉得离家近了，睡不着，在心里数站名：

廊坊，天津西，静海，青县，沧州，泊头，德州，禹城，济南，泰安，兖州，邹县，滕县，薛城，徐州，宿州，固镇，蚌埠，明光，滁州；出了滁州，就是南京了。

一共二十一站。终点是南京。

南京是牧逊回家路上的另一个中转站。

少时牧逊以为南京离自己很遥远，但等工作后回家，他觉得到了南京就是进入家的地界了。

出了南京火车站，牧逊立即转公交去南京长途汽车站，从汽车站买一张南京到苏北淮阴市的票。

那时，他几乎不会选择从徐州下火车。虽然从徐州下和从南京下离自己家的小镇距离差不多，且徐州在南京前几站，还能省一点车票钱，但徐州到淮阴的班车少，时间赶不好说不定就要滞留一夜；另外，路也没修，不好走，不顺时五六个小时都开不到淮阴。

从南京坐四个半小时汽车到淮阴，也还没到家，还要再转一次车。

这次转的是敞篷三轮小汽车，这小汽车再嘟嘟一个多小时，才能到牧逊家的小镇上。牧逊庆幸不用再转。

这个敞篷小汽车的好处是它看起来就不是庄严正式的交通工具，因其不庄严正式，而且是自小熟悉的，这会使牧逊觉得，终于回到家了。

这一路，经过河北、山东、江苏三个省，放在地图上看，此地与彼地离得那么近，只是想不到，这路这么耐走。

没结婚之前，他一年有一次探亲假；成了家，四年有一次探亲假。林场工作特殊，探亲假多半在冬天给。冰天雪地，棉衣厚厚的，穿在身上人走都走不动，添了出行的不便，因而人们回家也多半空手——拎不动行李啊。

交通上的周转，说起来烦冗，牧逊却觉得："自己听了也累，但走起来，就不觉得烦了。"

那会儿年纪轻，有假万事足，感受不到旅途的辛苦。

二

牧逊的工作，说是个工作，实际就是在山上挖土、栽树。

山上土质不好，一个树坑里能挖出半推车石子。

为了让树苗成活，要在挖出的坑里填尽量多的好土。这土要四处去找，找到了背过来，填进去，等填厚了，再把树苗栽下去。

树栽进去，还要浇足了水，再用土把这浇了水的坑封上。

封上土还不放心，要再压上些石子盖住，免得起风把土吹走。

如果这棵树没有活，那同样的程序就要重来一遍。

山上离林场远，又因为没有车，人上班时要靠两只脚走上来，这就要用一大段时间。

午饭是不回去吃的。林场天黑得早，时间要省出来干活。

一到午饭时间，人们把馒头从手巾包里取出来，舀一缸凉水，找个背风处一坐，各自吃饭。

那时，也没有人能想到带一壶热水这样洋气的事。有人怕累赘，连一个空茶缸都不带，挑一桶水，往地上一放，有水舀子时用水舀子喝，忘了带水舀子，每人就用手捧了水喝。热水都喝不到，更别说吃热的午饭了。

一年中有半年，午饭只是前一天的冷馒头，还定量，偶尔能带早上新出锅的，那就是美味了。

人们吃过饭，继续栽树，不可能有午休，吃饭就是休息。一天栽多少棵树是有计划的,还要想办法栽活。一年能栽树的时间有限,要抢这个时间。栽完树,后续要护树。由于土质不好,又有一场接一场的风沙,大树长着长着都能被一阵风拔了,何况新栽的树。如果树能自己长,那里就不会是丘陵沙漠了。

第一次回家时,他和家里说起他的午饭。

嫂子说:"弟弟半年吃的都是馒头啊,家里可吃不上。"

三

场里很多同事是外乡人,前两年,有同事说到牧逊将来是否告老还乡时,牧逊说:"我在老家待了十八年,在这,可是过了两个十八年啦。"

2020年春节,牧逊搬了一次家,搬进了场里新的职工楼。整理物品时,他又翻到了当年写给第一任女友的最后一封信,折在一个旧笔记本的封皮里。这封写好没寄出的信,以前收拾东西时他也看见过,拿在手里,但都没勇气展开看。那时的自己是怎样一个青年啊——读保尔·柯察金、建安七子的故事,背《古文观止》,读《水经注》《大唐西域记》,把能看到的书都读了,意气风发,向往执笔安天下。他当年的理想职业是高中语文老师、医生、法官,从没想过会到边关塞上种一辈子树。

自己曾多么会写啊:

……太阳的无可取代在于,太阳被每个人用了一世,也没有被谁用老,还能不被任何人事影响、减损光芒。它一出来就是明光耀华的，哗哗地热着。

　　它在千山万水中，也在细小的褶皱里；照在大地表面，也照到泥土之下。它在万物的满和空里，任凭万物去看见它，感受它，发现它，热爱它，追随它。它被每个人相信自己在拥有它。它不为任何单独的一个物事存在、停留。

再下面几行字，有些模糊：

　　可是，也终无一个人，真正走近它。人多看到它一次，就是向生命终结处靠近了一点。它却不管这一天，人是用它走向成熟还是走向衰退。它陪每个人生，陪每个人老。陪我们的从来是太阳，不是爱情。

再往下，还有几行，被泪水渍糊住了——他写时是淌了眼泪的。这是当年的分手信，没被寄出去。没彼此通知，没见最后一面当面说，就分手了。还是决绝好，不拖泥带水，成就成，不成就不成。咔嚓一声，剪断联系，对谁都好。

　　这一次打开看时，牧逊已经是虚岁五十九岁的年纪了，他笑着喊自己的妻子过来，让她加入揶揄自己的团队："过来看看，我这文采。我都忘了我是个有点文采的人了。哈哈，太酸了，来来来，闻闻我是一个多么酸的人。"

　　"再过一两年，我就可以退休了。"牧逊发自内心地笑了一下。

自从进了这个林场，牧逊从想逃离到安定下来结婚、生子、低头挖坑、种树，抬头看天，打眼前的飞虫，揉眼睛里的灰，忙得忘记了年月。

似乎只是打了一个激灵，三十多年就过去了，转眼将满四十年了。

这三十多年里，木星已经绕太阳走过三次。自己无知无觉间，在漫天风沙中过了三个本命年。

二十四岁，三十六岁，四十八岁，都是男人的大好年月呀。子丑寅卯，辰巳午未，申酉戌亥，金木水火土，一字一行地把牧逊困进这个循环。

林场里夏天和秋天都很短，特别长的是冬季——河不流了，树不绿了，一切都是凝滞静止的。

等春天风里林木的清新气息延伸为浓郁的视觉中的绿，才会让居住其间的人恍然觉察到"年光"这个事物一直是在的。

"那一棵一棵亲手种出来的树，你看它活了，看它长了，看它越来越像一棵真正的树了，真就像是自己生养了它一样啊。"这是当年带牧逊的师父对他说的话。

也孤独与寂寞，但久了，牧逊渐渐地也就适应了这样的状态。

才来林场时，牧逊称回老家为"回家"的。慢慢地，都不知从何时开始，牧逊把挂在嘴边的"回家"，说成了"回江苏"。

来林场工作多年，屈指算算，他探亲回家的记录不多，五次。

1981年6月，牧逊十九岁，从林业学校毕业后，直接被分到了塞罕坝机械林场。那时，林场也刚庆祝完十九岁生日。

这个林场，和牧逊同年同月生。牧逊在来林场工作的第八年，和林场里的一个姑娘领证结婚。

妻子是这个机械林场第一代职工的第一个女儿。

那是1988年，他和妻子也没单独办婚礼酒席，改革开放十周年庆祝日那天，他们参加了林场的集体婚礼。

之所以工作近十年才成家，是他那会儿一直在摇摆：他不确定他会在一片大森林里安家落户一生。

他本来有女友。比自己小一届的女友是他作为学长开学接新生时认识的，本来说好，第二年她毕业后也来这里的林场工作，但毕业时她被分到了其他地方，另一个林区。

一开始他们还想着能有机会调到一起，盼望两个人中有一个能被分到城市，只要是城市，交通方便就好，那样即使分居两地，他们也可以方便地见到。但调动太难，三四年都没有一点进展，慢慢地，两个人选择了面对现实：通信往返都要二三十天，没有电话，总不能天天发电报吧？就这么散了。

牧逊娶了林场里的姑娘，离开林场的念想，慢慢地，减得近于无了。

四

从九十年代开始，场里在年底搞职工联欢会。

第一年，有一个大节目，是报回家经过的站名。每个班组从离家超过八百公里的职工中选代表参加。

牧逊被要求参加这个节目。

他不用排练，虽然回家次数少，站名却记得清。他回家坐的车都是慢车——有稍微快点的车，但他买不到票。车慢，这一站到下一站的时间长，这段时间，他脑子里几乎被下一站的名字占满。这样的记忆太深刻了。

这个节目也简单，除了站名，每人还分到一句台词，报自己的"工龄"：

"在你刚满十九岁时，我来到你身边，开始陪伴你。"这个"你"，指林场。

"在你一岁时，我来到你身边。"

"在你四十岁时，我来到你身边。"

领到"在你十九岁时，我来到你身边"这句台词的人中，就有牧逊。

他的师父们先报，一、二、三、四、五、六……然后到十九，他报完，是二十、二十一、二十二……

到林场工作后，牧逊习惯了老一辈同事之间的称呼，称同事为"战友"，有时称自己的师父也是"战友"。

牧逊进场后，先后有几位师父带过他。第一个师父，是新疆人，负责带牧逊种树、研究树的成活率。师父老家靠近甘肃，还不是疆里边，但在二十世纪八十年代，他回家探一次亲，单程就要走一个星期。

轮到新疆师父报站名，当他报到甘肃境内时，口里说着："兰州——天水——武威——嘉峪关——张掖——柳园——金昌——甘谷——酒泉……"

"酒泉"之后，是"玉门"，"玉门"二字刚出口，这个平日里不苟言笑的男人忽然弯腰蹲到地上，捂住面，泣不成声。

到林场工作后，他比牧逊回家的次数还少，他只回过两次老家：一次是爸爸去世——妈妈去世时他也接到了电报，但没能回去，因为接到电报已经是妈妈去世后第三四天了，等他奔到家，妈妈早就入土为安了；另一次是他的大儿子结婚，他带孩子回去认爷爷奶奶的坟。

前面说过，牧逊来林场那年，林场大旱，死了十二万亩的树。一亩地合六百多平方米，一亩有多少棵树？一棵树占地多少平方米？

后来，这近十二万亩地里死掉的树，就是在牧逊这一茬青年人手里，一棵一棵，补种回来的。

一棵，一棵，一棵，是这样的种树节奏。

而不是，一亩，一亩。

还好那时林场增加了一批育苗技术员，终于能自己育出苗木来了，不用等外运来的树苗，也没有了苗木外运发生的损耗。

小小松树，育出来了，只有一厘米多高，托在手上，嫩得只是一汪浆。牧逊种下的，是这样子的它们。

它们是后来慢慢长成大家看到的样子的，常识里和常见的那种苍翠、坚韧、粗大的样子。

五

从工作的第一个月起，牧逊就把工资的一半寄给爸妈。那时，很多战友都是如此。

结婚后，他仍分出一部分工资，按时寄回家里。

自己出来工作,家里的事帮不上,只能寄钱来表达歉意和愧疚。

偶尔也写信,报报平安。

家里人也回信。

哥哥嫂子只是羡慕他有工作,能离开原来的生活,认为当年他能读完书是因为母亲偏心。

在苏北乡下,果林场里种果树人家的小孩,干够了果树园里的农事。可牧逊总觉得他对林木之事,有宿命般的亲切。

自分到塞罕坝的林场后,他天天干的就是育苗,种树,给有问题的树诊治。

第一次回家时,牧逊还没结婚。

他一个人,混天混地,在各种交通工具上过了三四天,囫囵着也就到家了。

第二次,是结婚那年,他带妻子回家见长辈。

家里以为新娘还是他那个下一届的同学,和他一样学林学的那个姑娘。那时也没有电话,信里牧逊也没说。

他第一次带她回家,他想买一张卧铺票,特意从场部开了介绍信。

从围场县城出来是早上,车还没开出县城,妻子就开始晕车,吐得翻天覆地。

到了北京站,没买到当夜的火车票,他们在火车站逗留了一夜。

他虽然拿了介绍信,但无奈没有票,卧铺、硬座都没有。

牧逊不想等,两个人买了两张站票,从北京折腾到南京。

"怎么还不到啊，地图上看着很近啊。"妻子虽然晕车，但毕竟那时年轻，第一次向南方去，心里带着欢喜与好奇，一路看着窗外。

妻子穿了一件淡红的毛呢大衣，牧逊穿了一件烟绿的军大衣。

没过沧州，妻子的新衣服上已经多了几道莫名其妙的汤菜汁，被旁边几天没洗的满是黑手印、煤灰的衣服不时地碰触着。

车上有各种气味，窗子也打不开，两个人轮流坐那个牧逊自己带的小板凳。

"再不到，我要死在路上了。"两个白天下来，没吃什么东西，晕车的妻子吐出的已经全是绿色的胆汁了。

用了三个白天、两个晚上，这对新婚夫妇才回到了家。

"以后咱们夏天回去，好买票。"牧逊说。

可是，到了夏天全是事情，他们没有一次能够在夏天回家。

后来，他们有了女儿，十二三年里，再没回去过。

妻子后来又跟牧逊回过一次家，因为他爸爸去世了。

牧逊想自己一个人回来，但妻子坚持一起回。

爸爸去世后，牧逊又回过一次家，却说什么也没让妻子回来。

不是因为交通问题，交通已经好多了，火车在慢慢提速，路也渐渐好了很多。从林场出来，两天一夜或一天一夜，就可以奔到家了。

他是心疼路上的花费，但也不全是这些花费的问题——再难，十年八年回一次家，这点花费还是省得出来的。

是牧逊自己心凉。

牧逊为数不多的这几次回家，回一次，家里便要开一场"诉苦会"。

比如，牧逊回家时总不能穿着种树时的衣服，他作为一个大男人，总有一两件好些的衣服，等着一些场合穿。

那么，他的衣服就是话题。

比牧逊大一岁半的哥哥，和牧逊同年上学，成绩和牧逊差不多。初三时，爸爸修剪苹果树时从树上摔下来，不能动了。家里需要一个干活的人。哥哥大一点，有力气，哥哥回来替爸爸干活。

第二年，爸爸的腿好了，想让哥哥重回学校，但因为离开了一年，又大了一岁，哥哥不肯再回去。

牧逊考上林校后，几个姑姑总说："当时要是让牧逊回来干活就好了，牧逊小哥哥一岁半，回来上学还正好。这样，家里就可以有两个读书人了。"

嫂子进门后，听说了这件事，就一直因为这个事不平，好像牧逊所有的生活过的都是哥哥的。是他，使哥哥成为一个只是跟着父亲在果园里种果树，而没有任何其他收入的人。而牧逊，则是哥哥生活困难的缘起与障碍。

从牧逊第一次把工资寄回家开始，一家人就是心安理得的。

是的，牧逊就该这样。

甚至寄回工资这个功劳本身，也该记在哥哥嫂子名下。

没有哥哥，他有机会寄钱回来吗？

他吃什么，家里人也该吃到什么。

他一家人穿什么，家里人也该有同样的衣服。

他用什么，家里的人也该用上。

牧逊第一次带妻子回家那次，他们到家时，正赶上下雪，一路泥水。

因为在车上折腾了三天两夜没合眼，夫妻两人进了门只想睡会儿觉。

可刚睡下，妈妈就进来悄悄捅醒了牧逊：你家阿妮身上这件衣服，买时怎不多买一件，给你嫂子带一件来。

"那是她家里人给她买的，不是我买的。"牧逊如实答。

"你嫂子不会说，是妈妈提醒你，是妈觉得对不起你嫂子。"

"妈，我们结婚时一件衣服、一样东西都没置办。"

"你是有工作的人啊，要是一样东西不办，谁嫁你？"妈妈说。

"我们那比乡下还闭塞，出来一次，比咱家去城里难多了，想买东西都没地方去。"

"可你总是有工资的啊。你哥哥和妹妹他们过得难，你不能结了婚有了家，就不顾哥哥妹妹了。"

返回前的晚上，妈妈又和牧逊说家里的种种，全是困难。明年，嫂子和哥哥要有第二个孩子了，妈又嘱他"不管男孩、女孩，要照应些。还有你妹妹，你以后也要多帮助"。

"都是爸妈的担子，爸妈交给你了。"妈妈叹气。

继而，妈妈又说："出去工作的要是你哥哥，他也会这么对你的。"

47

六

牧逊工作的塞罕坝成为国家森林公园，是牧逊到机械林场工作十几年后的事情。

劳动者休息时间从法定的每周一天改为两天，是1995年发布的国务院174号令。又过了四五年，在职工作的人开始有了更多的法定假期，人们有更多时间可以从一个地方到另一个地方去。

因为这些假日的来临，开始有人关注牧逊工作的林场。经过人们这些年的努力，树种出来了、长大了，荒凉枯燥的塞罕坝变美了，变成了草原、森林。

很多人开始来坝上度过他们的假日，"春摄""秋摄"这些词被创造了出来。

一批批的人进来坝上，在每年的六月到九月。

这里真好看啊。草很翠很柔的时候，树木的叶子也茂密了，早晨从林间一过，会沾一身的露水。而过了白露，睡上一夜，第二天起来，一地的秋霜。空气里"青"的气息和"凉"的味道交织着，有了天地自然初成时的味道。

比牧逊早来坝上的同事说，林场刚有时，春天只有风沙、野草，秋天也只有四处扬起的尘土。这坝上连一个像样的楼都没有，男生冬夏住的是地窨子，女生住在地上的房子，但睡觉时人挨人，如头发丝互相挨着一样密，挤得翻不了身。

这些变化，不是在这里一直生活的人无法知道。

牧逊这一茬来的学生，将第一批来的前辈、同事称为"开创者"。牧逊这一茬是来给第一批助力的。作为坝上创业大军中的第二代人，牧逊对变化的感知略比前辈迟钝——在他之前，毕竟有前辈打下的十八年的基础。

他有时竟是恍惚的：二十年，多少棵树从一厘米高长成了参天大树啊。树种多了，荒凉的沙土地，真就会成为满眼密密的清新叶子的森林！

随着林场越来越被外人所知，坝上风景的宣传照片开始四处张贴。

终于在某一个下午，张贴到了牧逊老家所在城市的街上，然后一张张贴满牧逊家所在的小镇。

有一天，一张某旅游公司的宣传页被发到小镇果树园每个人家的门口——那时宣传、鼓励一样事物，最直接的方法就是印一张画报纸页，写上文字说明，配上图片，发得人手一份。

这几年，果园扩修转建，征了很多人家里的土地和果树，很多人家里获得了大笔拆迁补偿。因为一下子变得富庶了，各种鼓励消费的广告也开始飞临果园人家。

牧逊的哥哥、妹妹，几乎在同一天收到了宣传页。

此时正是春天刚过，各种花才要盛开，要迎来五一假期之前，这样一个让人心情好的节点上。

宣传页上的塞罕坝，那么美，使人看了就感到被诱惑。

"是牧逊那里啊。"

"牧逊那里这么好看啊。"

那张宣传页发到家里时，爸爸还在。哥哥嫂子向爸爸报告，爸爸却突然沉默了。

这个儿子，居然从没主动邀请家人去他那看看。

49

他那里什么样子，他居然说都没有说过。

他们居然是从一张塞到门缝里的宣传页上看到了牧逊工作地的照片。

他们记起牧逊之前寄来过一张照片，和眼前的好看草原一点不像。

牧逊寄的，是多普通的一张照片啊。

好看的不寄，是怕家里人去吧。这使爸爸觉得羞辱。如果这张册页是牧逊递给自己看的，自己无话可说。

"我一辈子再有钱，都不会去他待过的地方旅行。"爸爸生气了。

"他居然连虚情假意地让一下的话都没说过。"这是嫂子。

"中国好看的地方多了去了，草原和森林也不只他那只兔羔子那有，我想看，也会避开他门口的地盘。"

"这兔羔子准以为旅游不是他爹妈、哥嫂这些种树的人能享受的事情。"

那张被传看的宣传页，不一会儿就被嫂子扔进了炉子里。"兔羔子"成了家人对牧逊的称呼。

这件事以后，牧逊再写来的家信，他们也不回了，只是在收到牧逊寄来的钱时，偶尔回："收到。"

"这个要回，如果不回，以为收不到了，这兔羔子就不会寄了，岳父在他门口，他的钱就全花给人家去了。"哥哥、嫂子说。

七

"妈妈,我每个月都寄一半的工资回来,这些年,沁松不是一句话都没说吗?"那次,牧逊回来,这句话在心里辗转了几个来回,还是和妈妈说了。

"你结婚时没告诉她,妈要你工作了就帮贴家里吗?"妈妈不假思索地答。

"说了。"

"说了,她还要有什么话?谈好的条件,她认嫁你,就是认可了这条件。你就是这条件。"

这场对话,发生在牧逊第三次回家时。

这些年,牧逊也曾有过探亲假外回家的机会。有一次,他和单位同事到北京开会,会后安排了几天疗养。

牧逊放弃了疗养,回了一次家。

起因是他听说有了动车,从北京去徐州不过两三个小时,而徐州到淮安的高速公路也修了起来,路途从以前的四五个小时,变成了三个小时。这些交通的变化让牧逊动了回家的念头。

他上午从北京上车,天没黑就到家了。

因为没有提前说,家里人都很惊喜。一家人听牧逊说着现在从北京过来的交通是多么便利,可是一问车票,居然是几百块。

高铁票那么贵啊。啧啧啧,以前只是一百多块就够了啊。

"因为不是探亲,这个车票是不报销的。"牧逊说。

妈妈沉默了。

妈妈叹息:"儿啊,太贵了。你不如把几百块寄回来,你哥

51

哥一直想买一台好的电锯，几次都舍不得。我一直要换个电饭锅，也没换。好好的钱，居然白花在路上。"

也是这次之后，牧逊开始动念攒钱给家里添置电器。那时，家里确实一件现代化的物品都没有。

说不定将来老了，自己也还是会回到这来的，自己也要用。牧逊和妻子这样说。

这是家，人不亲，土亲。土不亲，土里长的东西也看着亲。这是牧逊每一次夜里睡不着觉时，不可控制地闪进脑海的念头。

基于此，父母的房子在牧逊的远程支持下进行了翻盖。新式的设计划分了区域，有单独的客房与厨房，有单独的洗浴间，有抽水马桶，是这些年里城市楼房的格局。

牧逊一心想让家里的光景体面点。他心疼爸妈。

牧逊家所在的那个小镇，马桶在十几年前就出现了。一些人家装是装了，但都不用。

在小镇上，有一些东西，有了就好，有了的东西不一定要用了才安心。

在"家电下乡补贴"政策的推动下，很多人家里买上了洗衣机、电冰箱。

在乡村普及这些可以代替人工工作的机器，是牧逊家乡小镇这些年的生活大事之一。

一台这样的家电能进来的前提是，这二三十年以来，再遥远与闭塞的乡村都通了电并有了公路，很多东西可以用烧汽油的车运进来而不只依靠马车与拖拉机。

牧逊上高中时，小镇还没通班车，学校在县城，他往返学校与家之间多半就是骑自行车、步行或者搭顺道的拖拉机。

所谓家电下乡，就是让小镇里的人也都能用上现代化的电器。家电范围涵盖洗衣机、电冰箱、太阳能热水器、燃气灶。一些人家开始接受用燃气替代草木烧火煮菜。

在补贴范围内的家用电器，人们凭当地户口可以用低于市场价的钱买到。普惠政策下来后，许多并不真心想买这些物品的人也头脚并用地响应。

牧逊的户口不在家里，但爸妈的户口在。牧逊趁着这个政策，一口气给家里置齐了电器。

电器置来后，妈妈很高兴。但妈妈和镇上大多数人家一样，有了这些电器不曾用，尤其是煤气灶，她做菜多还是用原来烧草木的炉子。洗衣机，妈妈也不曾用。

妈妈说，一是要用电，电费都是用现金交，那不行。二是现在家里不用井水了，用自来水，自来水也是要付费的，用洗衣机要不停地蓄水进去，她舍不得多用水。

牧逊对置办这些物件早有打算。就是没有补贴，他想他也会买。他觉得自己在用的，也该让妈妈用到，让妈妈错过这些，而自己在用，心里不安。

小镇上的人陆续搬去县城后，爸妈也动过心。家里的老房子太破旧了，卖的话也能值几千块。他们询问牧逊意见时，牧逊说，能不能不卖，重新翻盖一下。

他和爸妈是在电话里说的——那时家里已有了电话："去县城住也要加一笔钱才能置换到新屋，而且城里的房子都是楼房，门口一块地都没有，想种个什么都不可能了。将来想回来，一点

53

着落都没了,不如拿这笔钱在老宅基上盖。想盖大点就大点,自己的房子住着敞亮。"

他也有点私心,这个房子交换出去就换不回了,自己家就真没了。自己退休后,如果想回来住住,好坏这是自己小时候的家,回来住自己家,心里有底气。

这一点,他始终没有说出口,他不想让家里知道自己这么大年纪还在恋家。

爸爸当时的意思是,这个房子,谁重盖给谁吧。彼时,兄弟姊妹们都不想出这个重建的钱:小镇那么闭塞,他们恨不得能走多远就走多远。

一个四处漏风的、三十多年前建的瓦房,拆了重建需要一大笔资金,人工和材料都贵。

哥哥说,有这样一笔重建的钱,还不如买城里的楼房呢。天天来乡下卖房子的商人不用请,每天都能在家门口看到。

牧逊却拿定了主意。听哥哥这么说,他也就不指望哥哥妹妹出资协助了。他自己拿出积蓄,又借了一点钱,请家里央人把房子重盖了起来。

时间是爸爸去世前四年。

新房子盖好后不久,爸爸生病了。爸爸这个人历来疼也不说,苦也不说,也不太愿麻烦人。他生病后,多是由妈妈一个人陪护。牧逊本想带爸爸去医疗条件好的大医院看病,同时顺路来自己家小住。但爸爸不愿意,就想在家门口看。

爸爸生病住院也颇有花销,好在牧逊对此早有专项储备,就是怕有这个需要。爸爸赶上了医保改革,没工作的果园人也被当地纳入医保范围。

牧逊自己平时几无花费，穿衣服有工作服，吃饭有工作餐，日常也处处节俭，才省出了前面说的重盖老家房子的费用。

关于盖房子，他几次和妻子说："若退休回老家住，是要有个房子的，不能住别人的。买不起别处的地，可以把家里的旧房子翻新。"

牧逊想家，做梦都想。当年离家后，就再没很多机会回家去：有时是舍不得钱，有时是没时间，有时是怕路上的周折，有时呢，怕家里人的脸色。

还有，他也不是铁打的，一天、一月、一年的工作下来，也是忙的、累的。到山上，一干就是一天。一天天下来，就是一年。自己的家里也有一份日子要去过，请假歇工又不是牧逊的做派。而且，四处都要用钱，钱从哪来？只靠这一份工资。牧逊的心，多少年下来，早被生活掰成了八瓣。

爸爸去世后，妈妈自己生活了一段时间，也偶尔到哥哥家住住。嫂子不懂事，多嘴说："这新房子恐怕妨人。好好的爸爸，怎么一下子没了？就是这房子妨的。"

话传到牧逊这，牧逊气嫂子不会说人话，但自己也一时不能回去辩。这些年，自己不在家，凭这一点，自己就不硬气，他对家人有愧疚感。

新房子和爸爸的身体说来也有关，盖的过程中爸爸一直在操心，哥哥当时有其他事，所以基本是爸爸在张罗。牧逊委托了一个少年时的伙伴过来照应。

嫂子这一说，别人不在意，妈妈听进去了，心里对房子有了隔阂，不愿一个人住了。但新房子不能空关，乡下人讲空关的房子易遭阴气。嫂子说了那句话后也很后悔，立即请了香化解，消了妈妈的心结。又一年，小侄儿长大成家单过，哥哥的房子给了儿子，一时没合适的住处，返回来陪妈妈一起住。

妈妈有了照应，让牧逊又了了一头心事。但这房子，也就给哥哥了。

八

又过了几年，妈妈去世了。和爸爸一样，自己也没有尽到最后照看与侍奉的义务。他没有赶上给爸爸送终，但妈妈顽强，硬是等到了他回来，见到了最后一面。

牧逊到眼前时，妈妈已经不能说话了。

妈妈生病确诊后，就没住医院，别人说什么她也不肯听。她生病很长一段时间内，牧逊都不知道，妈妈不让哥哥告诉他。爸爸去世后，牧逊常打回电话来，有一次感觉不对，才从嫂子那得到确认。

牧逊和哥哥提议把妈妈接到北京看病，哥哥说："妈那脾气，谁能改她心意？"

"治病治不了命，寿是天给的，人要顺天。"牧逊气妈妈省了一辈子，钱都给了儿女置房子置地，临到自己，连生病都舍不得药钱。

妈妈生病后，牧逊就想着回来，但工作总牵牵连连得离不了手。妈去世前一个月，他还和哥哥说着："我要回来一趟，劝妈妈入院治疗。"

话刚落下，转眼接到妈妈病危的通知电话。

牧逊为此热泪长流。

这个人是妈妈啊。不管她怎么苛责过自己，总是自己的妈妈。

在贫困生活的紧紧围困中受了无限惊恐与委屈的妈妈，在没做妈妈前，也只是爸爸邻家单纯的小女孩，渐渐在家庭生活的烟熏火燎中变了脾气和样子。

她成为哥哥的妈妈的时候，只是一个二十三四岁的姑娘啊，她自己心智上还没成年，就进入了贫困不堪、生儿育女的生活。她有了子女，一心想每个子女都过得好一点，过得差不多一点，她护着每一个。她是觉得哪个孩子碗里多了一点饭、多了一块肉，就要拨出来把它重分均匀的妈妈。

她这一生，并不曾薄待哪一个，她只薄待了她自己。

虽然每次她都向牧逊抱怨很多，但在他想来，那只因她无他处可述，觉得这一个儿子可依靠。

牧逊握住妈妈的手，头俯在妈妈额上，这是他自己会走路以来，和妈妈最亲密的一次肌肤接触。

牧逊由衷地感到心酸。他忽然觉得妈妈是一根线，她的子女都是线上穿着的一颗颗珠子，现在妈妈一走，线松了，线上的珠子一下子散落开了。

牧逊大哭了一场。

牧逊成年后，没流过几次泪。父亲去世时，他忍着没哭。等把父亲放进土里，要用水泥把墓浇合时，他才哗哗流下眼泪。

他看到了父亲的坟边留着的两块小空地——父亲活着时就说过，那是给哥哥和牧逊留的。

还有一次大哭，是他女儿出世那天，漫天大雪，雪都封上窗台了，妻子夜半临产，他推那被雪封住的门，怎么推也推不动。

雪漫天漫地地下，一大朵一大朵地往门上飞。他取了斧子，把门从里面砍碎，他一边砍门一边哭。

另一次哭，是几年前。刚来林场那两年，有一块地的松苗，他种了五六次才种活。为了这块地，他和师父坐在地上大哭过一场。前不久，他还特意去这块地看了一次：那些种了五六次才种活的树，已经高得快长进云彩里了——当年它们那么弱，那么不肯活，不肯扎根。那些小东西，是半手掌高时被他从苗圃里连土挖出，栽下去的。一次次地栽种，二三十年里，牧逊种了无数的树，自己都记不得哪里是他没种过树的地方了，却总是记着这块地上的这几棵树。

最开始亲手种活的一批树，他至今认得。在那批树之后，他似真正领悟了在荒沙岭上种树的诀窍一样，一棵，一棵，仿佛是有前面这一批树带着头、做了样，都活了。树是有根性的。

还有一块地也揪过牧逊的心，让他淌过泪。那是一片已长了五六年的树，根固了，枝也展了，堪堪有大树的形了。夏天里，却起了山火。树连着经过两场山火，连根烧了，他以为它们不行了，第二年要挖掉根重种了，但第二年，它们却各个生出了枝条，绿绿的，自己缓过来了。有一年大旱，死了很多树，这一批也没死。

牧逊每次去看它们，总是要走到跟前，抱过去，用手臂量一量它们——早就有一搂那么粗了，要抱不住了。

抱着其中的一棵，牧逊放声大哭。那是2017年的初春，林场建场五十五年了，生于1962年2月的牧逊，也五十五岁了。一个人，不知不觉间也活到了五十五岁。整整三十六年的人生盛年，牧逊除去几次探亲，没离开过这里。

2012年秋天，场里建场五十周年。五十年场庆，场里选出外省职工模范代表，让每个代表将自己的亲人请来一起分享眼前的"绿林与金秋"。

牧逊想了一夜：邀请哥哥，还是妹妹？

这些年，树种起来了，路也修出来了，林场的工作生活环境也好起来了，可牧逊自己仍不敢过得太好——去年冬天，妻子想和他自费去三亚度假，场里很多人去了。牧逊想到最后，还是放弃了。要是家里人知道他带妻子乘飞机度假，那还不是找话让他们说？

虽然隔着这么远，牧逊每一天都觉得有家人的眼睛剜到他的肉里，在看着他。

多买一件家里人没有的物品，他都觉得羞愧。

漫长冬季的天寒地冻让人一点点失去活力、欲望，冻得人什么都不愿多想了。

回家探亲，每一次探亲都是一笔大开销，各种买买买，不买也不安。去做一件什么常规生活之外的事，比如这种旅游度假，牧逊慢慢也不做了。

家人团聚的事，随着年纪的渐长，他开始不那么热望了。这次活动，作为被表彰的模范职工，林场给了他一个名额，林场负责往返费用。可是，不能只请家人中的某一个来，那是找气生，找板子让家人打。一家人呢，要来就全来，要不来最好一个都不来。

自己的经济现状，肯定无法负担所有人一起来。现在家人的条件，也是花得起路费的，可是，他们不会花这个钱，他们自己花会觉得不平衡。又是几年不回家了，他也想见见他们，也想让他们来，但是，牧逊最终还是冷静了下来。他可以预见，见面会给彼此带来不愉快。他们不来还好，来了全是矛盾，自己接不了招的。他的家庭，就是这样一个思维模式永无一点罅隙可相通联的家庭。

庆典会议负责人问他，家里谁来，是否需要安排送站、接站、接待之事。牧逊说，不用安排。

到了"与亲人分享绿林与金秋"的晚上，和牧逊并行走进会场的，只有沁松——与他同为林场职工的妻子。然后，大家看到他双手托着他春节在花盆里育的一棵松苗。他把这株幼弱的带土的松苗托在掌心。

一棵松苗在手心，牧逊肃穆地、微微地含了笑。他心心念念、与他朝暮共处的，比他和爸爸、妈妈、兄弟姐妹在一起生活的时间还长的，是它啊。它那么弱，此时看起来还禁不得一点世事和风雨，就像某一个时期的他自己，也像一个真正的家人，甚至比家人更依赖、更需要他。

九

岳父在两年前的春天因尘肺病去世,和妈妈去世的时间前后脚。尘肺是很多林场人都有的病根。岳父去世时,土还冻着,刨不开。等土化冻,家里人才去刨土葬他。

他没有被埋在林区的坟地,像几个同事那样,他选择埋在他1962年初来林场种活的第一棵树下——那是一棵落叶松。这棵树的旁边,埋着和牧逊同期进场的一位战友——他在巡山时被风吹倒的树干砸中了头部。

牧逊的岳父,算起来也是带过牧逊的师父之一。岳父是第一代职工,1962年正月,二十岁才出头时,他响应国家的支边号召来到了林场。岳父到林场这年,也就是牧逊出生这一年。

有一次喝酒,岳父说他自己一生中比较高光的时刻,就是在1981年的夏天,他负责接了一批来林场工作的林校毕业生,其中一个,在七年后成了他的家人,成了他的女婿。这之后,他们成为战友与同事,成为没有血缘关系的亲人。他对这个年轻人有别样的尊重和珍惜。

与这位女婿略有不同的是,他是父母唯一的儿子。他在林场安家,生了五个子女,因为工作繁忙,因为经济困窘,因为妻子早逝,父亲、母亲生病去世时,他都没有回家。林场刚建那会儿,交通更不便,更无医疗条件,他先后有两个孩子得了小儿麻痹症,这两个孩子一直由长姐照看。这个长姐,就是牧逊的妻子。

牧逊生于1962年2月13日,壬寅虎年,农历正月初九。那时很多人还不知，在西方，2月14日是一个可以彼此表达爱意的节日。牧逊出生的后一天，他日后工作的林场正式成立。他比它虚长一天，待它的心，如兄、如父。

牧逊小时候就是个有点内向的男孩子，毕业后，到林区里生活、工作，他的生活就是工作，他的工作也几乎是他全部的生活。终日在森林里，与一棵棵不同年轮段、不同品种的树在一起，他变得更沉默寡言了。

来到林场后，牧逊学会了做木工。在漫长的冬天里，加班不频繁，在下班之余或大雪封门出不去时，他就用一些看着还好用的木头，打一个个小桌子、小凳子。

他的另一个业余爱好就是在房间的花盆里育松树苗，一盆接一盆育着，一个冬天能育出来一批。春天一暖，他就把小苗挪到屋外的地里，再暖，就种到山上去。

妻子有一次说他："山上的很多树，就是风吹过了、雪盖住了，也没有什么声音。和你过了大半生，我觉得你一点不像是父母生的——倒像是你种的那些树生了你。"

十

牧逊的女儿本科毕业后，去了北外读研，研究生毕业后，考去了联合国教科文组织威尼斯办事处。她从小在林区长大，高中毕业前没出过一次远门，连爷爷奶奶家都没有去过。她的籍贯一栏，最早时写的是"江苏淮阴某县"，后来，不知是什么时候，变成了"围场"二字——她的出生地。

小姑娘的本科是在上海念的。大一开学时，牧逊送女儿到北京火车站转车去上海。填报志愿时，女儿说第一不在乎专业，第二不在乎学校，唯一要求是去上海。在她心里，上海是个洋气的城市，令她向往，令她着迷。小姑娘那时就规划了自己的未来——离开林场，越远越好。

在北京火车站门口，小姑娘买了一张最新的高铁交通图。很多新路修出来了，火车也提速了，在交通图上，很多地域间有了更趋于直线的连接。她兴奋地看着地图。

女儿念大学这一年，适逢微信被开发出来。临行前，牧逊给女儿买了新的手机、电脑，说："每天可以打视频电话啦。"女儿随之建起家庭群，她给这个三人小群起了名字："木末"。女儿说："木末，多洋气。'木末芙蓉花，山中发红萼。涧户寂无人，纷纷开且落。'哈哈，我可比我爸爸年轻时会抒发壮志。"

牧逊想起自己二十岁时的矫情，笑了。小姑娘以为他是听了"壮志"两个字笑，说："矫情可不是我的错，遗传。"

她忽然想起小时的问题："爸爸，你以前说森林仙女什么都变得出来，因为她有一个秘诀，你说等我长大了告诉我：原来是我长大了，我再也不会疑惑这样的幼稚问题了。"

牧逊说："是有秘诀，我绝对不哄你。秘诀的第一步是她先要有森林，这样她才会长住下来。森林仙女什么都变得出来的秘诀之二，是她变得比较慢，需要爸爸这样有耐心的人的帮助和陪同，只有这样，她才能什么都变出来。"

"哈哈，超级凡尔赛的爸爸。"

"哈，爸爸也是在说路，路这么好，你以后就是去了月球想回家都容易。"

"那爸爸你以后,是回江苏还是留在塞罕坝呀?"

"爸爸还要再想想。"

"两个字,想这么久啊?"

"爸爸这颗老苍耳,不是又被你更新系统了吗,说不定哪天又被你粘走了哦。"

暗　格

一

我对菟裘镇最大的印象，是这个镇上，从东走到西，从南走到北，每个人家和每个人家之间都可以论出亲戚关系，拐一拐，绕一绕，就揪进同一个谱系里了。大家同住一个小镇，三天两头见面，纠缠紧密，但这并不妨碍他们各扫门前雪，互相诋毁、倾轧、妒忌，因为一块钱、两块钱，一句话、两句话，吵得地覆天翻。他们中的多数人记仇大于记恩，别人有一点不好，就记下。而不管多大的过节儿，又抵不过一场被中间人招呼到一起喝的酒。我爸爸说过，在菟裘长大的人，从小耳濡目染学会的三个看家本领依次是：抓鱼，打架，喝酒。

一个镇上的人都能论出亲戚是令人窒息的：用亲人的层次干扰他人生活的权利变得光明正大。大家互相牵绊，谁有点进步都不利索。有种人分两部分：一部分，当地人称其为"家里上人"，即长辈；另一部分，是有点世俗权力的人——哪怕权力只有一丁点，也是能做饵料的肉啊。一些本身能量弱的人不自觉地受制于这二者，获得了多少人生指南说不上，被规整着、委琐着。菟裘镇的人若分类，就是分成这几种人，而不是分成男人、女人或大人、小孩。一个人在菀裘要想活得和他人特别不一样，如经济状况、思想水平等，是有难度的：既不能在熟人面前被眼见着变得出类拔萃——一样的米粮喂大的小孩，成人后也应以无差别为要；也不能突然地有很多钱，不管这钱是怎么来的。

我爸爸从小就梦想离开这个小镇，远走高飞后和它一刀斩断所有联系。爷爷、奶奶、姑姑、伯伯，他的亲人们身上统统没有让他喜欢和留恋的气质。结果，他在十九岁那年离开菀裘镇去了城里——菀裘镇归属的城，本省的城。这让他沮丧。挣扎了几年，他幻想三十岁时起码去到外省。只是他的机遇有限，没有去成——他去外省的梦想戛然而止于他成为我的爸爸那一刻。

他在城市里有了一份工作，这让菀裘镇的人觉得他已发家、改换门庭了。没出小镇十年，他就娶了我妈妈——城里人的女儿，家里有几套房子，没有兄弟，仅姐妹两人。知道的亲人都欢天喜地："看吧，那些房子早晚是你的，至少是一半。"没多久，他的家，在很长一段时间内，有了菀裘驻城办事处的职能。

没等到外公他们的房子至少一半变成"我爸爸的"，我爸爸自己就已置办了一大一小两套房子。后来，他没再提过要去哪个远一点的城市创新家业。我想，是房子让他在这座家门口的城市安心定居下来，而不是我或者妈妈。他在等我长大，他把那看作再挪远一步的机会。我还没成年时，有一天，他交代："你将来去哪我跟你去哪，死哪埋哪，在河里扬了也不要埋回菀裘。"我点点头，表示记住了。有一次，他怕我忘了，特意考我："你老子死了埋哪里？"我答："扬到河里，或者埋在哪棵树下，爷爷他们不知道的地方。"他满意地点点头。

第二十年了,我保持着每年回菀裘镇三次的节奏:春节、清明、冬至,每次待小半天。我从不在菀裘过夜。

二十年前,我被爸爸妈妈埋在这里后,开始不停地游荡。入土那一年,我是二十一岁零六个月。现在,当时和我同年的人,已过了四十岁。

这镇上之前没有旅馆,后来有了,也很简易。

菀裘有点偏僻,这些年,年轻的人陆续出去,逢年节才回来,都是有个"家院"可回的。小镇以前没有外来的人,因此,是不需要宾馆、客店这些设施的。

我祖父的房子在临大路的街上,几十年过去,房子内部仍很结实。房子前,路新修过,宽而直。我在时,爸爸妈妈偶尔带我回来。我和爷爷、叔叔、姑姑都不亲。他们一方面生气爸爸对家里照料不够,另一方面,又常用各种理由让爸爸回来。爸爸一回来,就喜欢带上我。而我,在城里有自己的小伙伴、作业,每天是很忙的,作为男孩子,我也不喜欢那些没趣的见面。

菀裘小镇离我住的城市的市中心有八九十公里。这里之前是沿河的一个小渔村,岸上人家很少,很多人家以船为屋,一条船就是一个人家,人们吃住在船上。大约是五十多年前,本地实施渔民上岸居住工程,在河边建了一些房子,年轻的一代才学会在陆地上生活。我爸就是第一代上岸生活的渔民后代。

这里四处是小河。河都小,到了秋冬就有要干涸的迹象,可到了春夏,几场雨一下,有了点水,河就又"活"了。

这个"活"的意思有两层,一是河本身的"活",水流动起来，有了再次伸展身体的力量；二是水里的鱼虾又出来了——鱼虾一年年被一网网地捉出来，人们以为捉光了，可一翻过年，一有了水，就又生了出来。

我虽然因为姓氏之故——确切的原因是当时我"停"在那了，怎么办呢，我恰好在那了——被埋在了菀裘，但我是个认生的人，不那么熟悉菀裘，从小听到的都是爸爸对它的嫌弃，所以，我并没有就此酣眠、一动不动。只有清明、冬至、春节我是在这儿的，其他时间我出菀裘去游荡。

清明、冬至、春节一到，我就往回赶。

每次赶回菀裘街上之前，我都在一个小坡上停下车，在车里坐一会儿。是的，我有一辆车，是妈妈带给我的。在这个小坡上，我会看到我妈妈又开着她的小汽车往菀裘来了。

阳历四月初，坡上小麦青青、油菜花黄，坡下的河水也被春风盈盈吹皱。清新树木的气息，水流动泛起的微光，合起来真像一个"好好的、新鲜的人"的气息。

这气息有屏蔽作用，坏的情绪、天气，都能被这气脉隔住，好像又打出了一个好的、新人的根基，慢慢给这新人以枝蔓，给他散叶、长高的力气。

有几次，我看到我妈妈走过这个小坡，也停了下来，四顾看。

她做每一件事、行每一条路都是径直而去——不会粘连、打弯，她不多愁善感。她就生了我这一个儿子，在协同（她用的是这个词）我长大的过程中，她的育儿模式或者说她开启的母亲模式，也是粗暴明朗、无情无绪、十分的直接。她说："我只问事的结果。你呢,也学着去做有结果的事好了。"是这样一个人,陪我长到了二十一岁。

我高中毕业时,家里庆祝了一下,她对我说:"你不是女孩,幸亏你是男生,要是女生,我想我会把当母亲这件事搞砸。"

每年冬至,我若在外,则会晃荡到正日子那天才回。莲藕满塘欲收,梧桐叶整张整张飘落,那些村里的房子在秋风里显得好像单薄了,那样的房子走进去应当是冷的,要把屋里的东西统统搬出来晒上几天太阳,让一些东西,比如棉被,晒足了阳光再收回到屋里。这屋里若有暖,就来自这些。

四季循序更迭,地里有菜,田里有禾稻,冷是冷了,可日子还是过得下去的样子。

这样的天气,冷一点就能下点小雪,阴着也能扬洒下一场微雨,如同春天的毛毛雨那样的雨。菀裘镇在这样一场雨里时,各人才想到有些亲人已不在世上这回事。

无论天气如何,我都会在回到或者说到达菀裘前,找个空地待那么一小会儿,我要把这一分钟的自己和下一分钟的自己做下区分、隔离。这个隔离将使我完成一个情绪上的跨越。

是的,我要将此时之我摆渡回现实。当一些前后无关的事被集合到同一根线、同一个人身上时,是人都需要在心里做一些切割。也许此时之我,仍必须跟随着一些人或者一个群体、人群中某件事走,才能跟上一个队伍,而不是自己独自一走就是一条路。

我需要走在他们之中,走过他们,直到人群里只剩下自己,或者混合为人群中不可分的因子,再也挑不出自己。这一小会儿的静坐、驻望、歇息，是我与菟裘重见前的仪式。只是因为这一天，菟裘镇的街上将迎来一个二十年前在这里遗失了儿子的母亲。

春节回来，我多半是在春节前一两天，腊月二十九或者二十八回，有时会再早两天，可也不会太早，早于二十三，就不庄重了。我有时显得很匆忙，像我也有一家人要等我回去开饭似的，匆匆地回来看一眼老房子上贴的春联。但我爸爸再婚后，我也就不再看那些春联了。

爸爸的再婚让菟裘不再是我妈妈的婆家。她不再去爷爷家里，只到菟裘河西的坡地。

遇上雨雪冰雹——很庆幸，她至今还没有遇到过这样的天气，我想，她也仍只会坐到她的车里避雨。她不再去老房子那里。她偶尔会停留得久一点，但也只是在我旁边的地上坐着。

她带一只小凳子在车里，取下来，放到空地上。至于吃饭，她几乎是不吃饭就回去。去年春节，她的车出镇时，镇上正是集市日，人头攒动，她也是饿了，停车去路边一个小饭铺里吃饭。她点了一小碗米饭，对店主人说："有什么菜盛一点给我就好。"店主用两只大碗装来两种小菜，她说："拨一点给我就好，不要浪费，我照付原价。"她坐下来，周围有一些客人，多是赶早出来买东西的乡亲。到家后，她对我大姨说："我真是没心没肺啊，菟裘集上的饭仍然是很香啊！"是的，我有一种力量，让她慢慢感觉碗里的饭菜和我在时一样香。

二

妈妈一直没跟我说，我有了一个弟弟，与我同父异母，是比我小二十几岁的男孩。

她与我爸爸，即她的前夫分开时，她主张顺便把家里的钱也分了，包括给我存的、我没花完的教育资金以及我的事故的赔偿款。

离婚协议书上，我爸爸的名字前，是甲方。此后，甲方成了爸爸在我妈妈手机里的名字。

作为乙方，她同这个甲方约定，并在纸上郑重写下："车辆肇事方的赔偿款不能用于新家庭。"——她确定，甲方马上会再组家庭。自然，划到她名下的那笔款项她也承诺："如我重组家庭，"她想了想，写下，"我也不会用，我会将这几十万块钱买成篮球，赠给图书馆，在图书馆里设一个篮球区，和图书一样，可以自由借用。"她拿着签字笔，像在黑板前捏着粉笔等着写板书一样，她说："我儿子最爱的是篮球。""我也会再婚。"她说。听到这话，甲方点点头，手指在这份附件上的"乙方"二字上写："我预祝我们都再次进入婚姻。"

从民政局出来，妈妈主张立即去银行。钱存在一张存单上，户主是乙方的名字。一两个小时的事，现场将财产分割清，一了百了。

甲方显示出了难得一见的大度："钱你就存着吧，反正我暂时也不会用。"说完即转身而去。

不知他这是给以后留一条可回头的路，还是给再见一个理由,或者是身有要事急于离开。妈妈扫了甲方一眼,整理了一下衣服,看了下时间,正好可以回去上课。

过了一年,她的甲方来要这笔钱,说要分割一下,虽然不用,但还是归他的。他说,"或者不见面,你转给我"。当年的小镇青年以为现在和他对话的人仍是早先视金钱如粪土的姑娘,还是没什么理性——他把她的七寸早拿捏得妥妥的,他以为延迟开口,她会在负气和要命的自尊中同意。可惜的是,妈妈没有给他。只一年,妈妈就变了。妈妈想全要了。她本来就可以全要的,是当时一股义气上头同意对半分。

我走后,妈妈表面的平静下,内在状态实很糟糕。对爸爸来要钱的事,她放言:"你若要,找律师来要;不是我的钱,我是不爱的,但你的迅速再婚使我改变了对钱的原则。"

2003年2月,寒假,我正读大三。我们一家人回菀裘看望我们家小镇青年的父亲——我爷爷。爷爷家旁边有个废弃的中学操场,他们在家准备晚餐,我正好带了个篮球在书包里,就去那个操场上玩投篮,回家的路上,我被一辆酒驾车撞到。这一年醉驾还没被写入《刑法》。彼时正是新年期间,很多在外打工的人回家,有些人开了车回来。菀裘镇上的路也还不错,但没什么交通标识,无红绿灯。有人喝过酒,照样开车。

本来我说了不跟爸爸妈妈回菀裘,妈妈也同意了,但爸爸一定要我一起回,说开学前,回乡下转一次。他单独回家面对一堆人有些艰难,单独和我妈妈在一起也困难,会争吵,有我在,大家就稳当多了,都能顺利装成有情绪也能克服的体面的中年人。我维稳的天赋似乎与生俱来。我妈妈的婚姻法则里有宝贵的一条,即不在我面前和爸爸争吵。

我爸爸从小镇出来后,少小对贫困的恐惧感仍萦绕左右,他在工作岗位上兢兢业业二十多年,一级一级爬坡,辛苦委屈一堆,在各种不甘和无奈中,工作与他互相成全与囚禁。他算比较幸运了,能一级一级地爬出了一点小头。他从小镇获得了最初的人生哲学之一:"做人就做城里人。"对于菟裘小镇而言,他是城里人了;可在城里,他就是一个比针尖还小的职员,心怀理想却没做成一件大事的人。

因为我的出事,他一改往日被老家亲邻求助不成就诋毁、攻击,做成点好事也属理所当然的状态,大家同情他中年丧子。

把我安葬后,大家持续悲伤了一阵子。我爸爸这一年是五十岁多一点,做到某条线的线头级人物了。我妈妈是我就读的中学的物理老师。两个人身体状态都很好。这一年,我妈妈是四十五岁吧。

家里人劝他们再生一个。妈妈似乎也动心了,她计算了时间,再生一个,也能够陪他长大。就在摇摆晃动当中,这两个人却迅速地离婚了。

"我没有情绪,就是一种选择。"我听到妈妈说。

"很好。"妈妈回应。虽然他们说话的声音较小,我仍听到了。

妈妈说:"但不能让孩子知道。"她指我。

爸爸说:"你的精神有问题。儿子不在了。"

可现在,这个曾经鲜活的我的爸爸,就躺在我旁边——前不久,他因病离世了。不知是他修改了以前对我的交代,对自己的后事做了新的考虑，还是其他人不在乎他的意愿安排。我留在菟裘说起来只是一个偶然，风俗、时境条件下的阴差阳错。而他自己，从没想过有一天会埋回菟裘。菟裘是他一心想脱离之地。

他再生一个儿子的事，并没有让我妈妈心有波动。现在，他走了，反让妈妈觉得尴尬——妈妈担心回来看我时，遇到爸爸的另一个儿子来看他，她不想见到那个孩子。对于那个孩子的妈妈，她也似介怀。她心里变得不平静。

今天，是爸爸离世后第一个清明。爸爸的葬礼没有人通知她。在一个月前，她还不知道他儿子的墓碑边将突然多出一块墓碑。上周，她才得到消息，爸爸去世并已安葬，且就葬在她儿子旁边。

因此，这一次，车一开进菟裘，她就清楚地意识到：清明了，她前夫的家人或许也来上坟。屈指一算，他那个儿子恐怕也有十七八岁了。

妈妈退休后和她的姐姐住到了同一栋楼房不同楼层的一个小居室。这是我大姨强烈建议的：换一个日常生活的环境。妈妈提取了她的住房公积金，恰好够买这个小房子。她和姐姐从小一处长大，彼此很亲爱。大姨有一个儿子，是我的表哥。我爸爸这面兄弟姐妹多，有四五个。她和爸爸分开后，因为我在菟裘之故，这面的堂哥，她倒见过几次，擦肩打一声招呼，但并无交谈，地点几在垅头。我的爷爷家，那个从船上搬到岸上后住的老房子，她不再去。

她只是单独地来看我。她谁也不带，她的姐姐也很少和她同来。她觉得，那是她和我的时间。

有一次，在她的新房子处，她的新邻居迎面走过，说他留学在外的孩子："哦，孩子四五年没回家了。"

"你的小孩在哪？"邻居问她。

以往，听这一问，她的泪水就会涌出。她的同事都避免和她说孩子。但怎么描述呢，她的工作就在校园，眼前跑的都是孩子啊。她经过好长一段时间的强行调整，才调整过来，能坦然地提到"孩子"这个词。

这一天，我恰好出来游荡，路过她身边，我听到她和她的邻居说："我啊，哎，也好长时间没见着我儿子了。"

她享受新邻居尚不知她境遇的感觉。

"老，变成让我渴望之事，而不是惧怕，我会在那和我儿子见面。"她倚着门，闭着眼睛默想。

她和我大姨说："只要我开得动车，坐得动车，我年年过节都回去陪儿子一下。"

她指的节日就是清明、冬至、春节。

和爸爸在民政局门口分开后，她就不愿再和爸爸——协议里那个甲方见面了。甲方好像也避免同她单独相见。

甲方在世时，也是会来看我的。她和她的甲方达成默契，甲方哪天回，给她提前留言："我某日某时回去。"比如清明，可能是前一两天，也可能是当天。妈妈的意思说得很明白："如果你当爸爸的也想去看一眼儿子，你和我错开这个时间。我和你不适合一起去了。"

75

三

是姑姑的声音,突兀地升起来,我一下子听到了:"你还是和她见上一面吧,当面清算一下。你不知道她现在住在哪里吗?"

姑姑对面的女人,是爸爸现在的妻子,她说:"那个女人不住在原来的地方了,她的手机号也换了,我找不到她。"

我听出来了,这个她,指的是我妈妈。

爸爸和她生的儿子,高中将毕业了。从初中起,这个小孩就读了国际学校。他的爸爸希望他能离开他生活了半辈子的城市,走得远点,然后,跟着他去。他没有别的路可以更顺利、更冠冕堂皇地离开。这个孩子上国际中学时,他身体尚好。后来他退休,和老同学一起做事,有一定的收入,加上退休金,学费补给十分充足。

现在,负责学费的人突发了心肌梗死去世了,她在经济上一下子停了收入来源。重要的是,她一直惦记着这笔钱,哪怕没有学费这件事。

"有口头交代或者什么正式字据留下来吗?"姑姑问她。

对面的女人迟疑着。爸爸走得突然,没来得及交代什么,但对于这笔钱,爸爸几次提到,他也提到了和妈妈之间曾有约定。有一次,她和爸爸说:"你去把钱要过来,这本就是我们的钱。我们拿这笔钱做一个小投资,也不是花掉、用掉,我保证钱还在,只是换了一个形式存起来。我也不用。"

爸爸说:"人不守诺言,会受惩罚的。"

女人说:"我们也不违反使用约定。"

爸爸为此写过一个字据，交代如果他不在了，这笔钱即使妈妈送过来了，无论怎么使用都必须得到我妈妈的同意和祝福。他在祝福两个字下重重画了一道线。

他把当年和妈妈分开时写的约定也附在了后面。他写："如果他妈妈先于我不在，关于这笔钱怎么使用，也需要经由陪她到最后的那个人做确认。"

似乎想到了这一层，那个女人低下头，不再说话。

过了一会儿，那个女人又抬起了头，说："我现在养的是你的亲侄儿啊，你们要帮我要回这笔钱啊。我要用钱养儿子。"

除了这份存款，还有一套房子，是当年爸爸和妈妈在一起时买的，房产证上是爸爸妈妈两个人的名字。"也没有分割。不分割清，他结的什么婚？"女人抱怨，"没有钱日子怎么过？"

镇上开始出现商品房时，爸爸妈妈也买了一套，当时说是给爷爷住，爸爸妈妈出的全资。资金来源中有一部分是妈妈的兼职补课收入。他们赶上了买房子的浪潮，加上城里的两套，他们共有三套房子。

在我大二那年，他们计划过我的留学问题，说，让儿子趁出去读书的机会，出国看看。现金不够就卖一两套房子，他们要房子没什么用。

我走后，他们在法律意义上分开了，但有两套房子的名字未及时更名、过户。妈妈住的房子上有爸爸的名字，分给爸爸的一套房子上有妈妈的名字。但这件事，我妈妈似乎已忘了。

现在，这个女人提议要将其中一套房子划到她母子名下，她说："我不是全要过来，我要他爸爸那份。"

但这件事，需要妈妈确认、同意，并且出面协同办理。

她恶劣地说："如果她哪天也不在了，我又没有她的授权文书，在房子上是去不掉她的名字的。还是早点，趁着她人还活着，先把事办了。"

她对姑姑说："你帮着参谋参谋，想办法把她劝到菟裘来谈，大家一起帮着说。"

她停顿了一下："不是我急着处置你哥哥那一点资产，是我要存足我儿子的学费。我儿子是不可能在这种小地方待一辈子的。这是他爸爸说的。"

姑姑点点头，表示信任她。

离开爷爷的房子，姑姑和她的弟弟、我的叔叔嘀咕："她真的就差这一套房子的钱吗？"

对于他们哥哥是否预留了小儿子的足额学费，他们也不确定。虽是兄弟，人长大了，早分枝而栖了。

叔叔说："她这么年轻，总不会一个人过下去吧。陪了一个老年男人这么久，哥哥走了，对她也是解脱。"

姑姑叹了口气："哥哥也真是的，找一个比自己小二三十岁的人再婚，折腾出一个还没成人的孩子就走了。明知道有陪不了孩子成人的可能，五十多岁了，还生出个孩子。只结婚也罢了。"

叔叔叹口气："他还不如我这个渔民通透，以为自己真能撑住多大市面。"

姑姑说："这小女人来哭这个穷，是有让我们分担学费的想法吧？她觉得我心软，就先找上我来说事。"

四

把车开到每次进菟裘必经的山坡，在这块土地上，妈妈才对她离婚协议书上的甲方、那个我称为爸爸的人已埋在我旁边这件事，有了具体的认知。

一上山坡，她就看到我墓前有一个女人的背影。她没多想，以为只是一左一右邻墓的亲人。可是，她停住了，一左一右，本是空着的啊——菟裘镇的人家，一家有自己的一小块墓田，这一小块，是爷爷的爸爸置下的。爸爸去世她是知道的——她反应了过来，那应是爸爸的现任妻子。

田间小路伸过这块坡地，路边有树，妈妈站在了树后，想等她离开再来我墓前祭奠。

六天后才是清明节的正日，冥冥中有觉知一样，她提前来了，以便和不想见面的人错开时间，回避掉这种坟头见面。对方却料到了似的，也早来了六天。

在田野里坐到天快黑了，那个女人也没离开。这是铁了心要同她打照面了。

妈妈没看成我，只好留下来，想等第二天早上再来。我爷爷的老房子现在是叔叔住着，她没有去，找了间小旅馆住下来。

第二天清晨妈妈早早醒了，刚走到墓地，发现那个女人又来了。连续三天，她都没有离开，天天一早就来，站在我的墓前。妈妈反应了过来，她就是想在坟头与自己相见，她有事情要谈论。

这女人下定决心似的，连续七天都来这坟边静坐。

妈妈也是倔强的，看到她立即止步，回头，她不想见到她。

"是的，我的胸怀就是这么不宽大，不想见的人绝不相见。"妈妈迎风走着，自言自语。

她可以接受婚姻发生变化，比如，她的甲方和她可以有解决不了的矛盾、超越底线的问题，她与甲方的关系可以仅是带娃组合，他只是她带娃时的队友。她能接受，儿子不在了，这个团队就解散。她不能接受的是就地解散，她在乎这个解散的时间，她不原谅队友在她最悲伤时掉队。

甲方那面，新的婚姻和新生儿子很快稀释了失去我的悲伤——他的兄弟姐妹们也都觉得这是好事。

"我一个人接不住这样的悲伤。"妈妈指我的离开，她对爸爸说，"不是接不住你和我分开。"

爸爸说："地这么大，接不住你放地上啊。地上不给你放，还是你对放地上这事有门槛？你一直抱着是你自己的事。"

这一句话让妈妈怔住，她说："我一个人抱得动，你走吧。你站在我旁边也没用，你很碍眼。"

菟裘镇太小了，从没有一个人在镇上的小旅馆一住六七天。小旅馆是这几年才有的，节假日偶尔营业。在菟裘，一镇子的人都拐弯抹角是亲戚，外来的人，也都是在这镇上有亲戚的。

第七天妈妈刚起来，正要出门，姑姑来到了小旅馆。

她有十几年没有与妈妈相见了。爸爸的再婚清算了妈妈在菟裘的所有关系。

姑姑没有叙旧，连她如何都没问。第一句是客气话："来了怎么不到我家里住啊？"她应是明知道她年年清明来，之前却从不曾如此留客。

第二句："你们还是见见吧。有些事,说清了,大家心里都好受。"

作为说客,她早迅速而准确地找准了自己的队列,她停了一下:"到了说清的年纪了。"

妈妈抬头看看她,没有回言。

妈妈的年纪让她们着急了吧,害怕了吧,怕哪天她也两眼一闭吧。她闭上眼不可怕,但她手里的一点财产,还是要给和他前夫有关的人为妥,他们觉得。

"他爸爸现在留下这孤儿少妻,"姑姑停了一下,这个"他"当然指我了,她抬眼看妈妈,又把眼光移走,她回避了和妈妈的对视,"才四十几岁的人,没有工作,又带个没成年的孩子。"

似感觉了这一句没啥道理和来由,她自顾加上注释:"她这个年纪,哪天走道另投人家,也是可能的。是往孩子身上看,我才来找你的。"

她来拉妈妈的手,拍了拍妈妈:"她几次找我,就是想在他父子俩的墓前和你商量下——当着他爸爸的面,在天有灵,你知道的,我也信人在天有灵的。"

姑姑叹口气:"他也是我的亲侄子啊。我呢,操这个心是恼人的,不过,我能怎么办呢?安排这些,对你们,我也是两头为难,我是看在如锡的分儿上。要不是如锡——哎,他怎么也是如锡的亲弟弟呀。他弟弟目前这个学业,要钱供的啊。"

妈妈是聪明的,接口说:"哦,是钱的问题。"

姑姑停了一下,望着妈妈:"这不是,也没个安排,哥哥人就走了。"

妈妈说:"没安排好,请姑姑多扶持呀。"

姑姑知妈妈当了一辈子老师,把学生都当成自己的孩子,说:"就当他是个旁人家的孩子,不是如锡的弟弟,遇见事了,上前周全一下。咱们这样的年纪,已是在人生下坡的路上了;孩子们正上坡,有很多坡要爬的,学费很贵呀。咱们莇裘的人,都是靠互相帮衬往前过的。"

五

爸爸的再婚割断了他和我妈妈的联系,和我呢,按说还有,但在排序上,他有了新的与他更紧密相连的人。他与我,早各有了新航程。一程行罢,各自有了各自的新方向。自他新婚,我几乎没往爸爸的新家走过,即便无意中经过,也不做停留。

我被安葬后,他就几乎没再来看过我(我这样说,有我的负气,因为他都是顺路而来,而不是特意为看我而来)。关于这一点,他说的是:有他妈妈去看就够了,代表了。

他可能也是思念过我的。他的兄弟姐妹、朋友在他老来得子后,就说:"看看,你的大儿子回来了。"对这句话,我是反感的。那个孩子和我没有一点关系。如果是我被送回来了,我曾经的血肉有一半来自母亲,我要在他们两个人的生命里诞生。而事实上,不是。

我出生之后一年,我妈妈意外怀孕了,但政策不许他们生第二个孩子。爸爸说:"偷偷生。"妈妈说:"不是不会偷偷,是你空手当掌柜,我对你这个队友没信心。"爸爸说:"大了也是你的成果嘛。"因为这件事,爸爸嘲笑妈妈:"你和我缺乏共同理想,你不如渔民后代有航海精神,有远见。你就是在农业社会里长大的在门口种两头蒜都要等到收获才能安心上一次街的家庭妇女。"

我走后,他偶尔会不自觉地说"如锡保佑"。有一次我听到了,隔着八千里翻了个白眼给他。他小看了我,我不会介入"我"之外的任何大事小情的,也不会将我对他的一点"念心"渗透出"此时之我"的范围——我是有"范围"的人了,我已进入我的暗格。而他,也在他自己的暗格当中。我们都是被局限的人,各有界面,互相不知为好。

这一次和姑姑见面,妈妈知道了她的甲方新生小儿子的小名:"念锡"。

妈妈重复了一遍,念到"锡"这个字,妈妈又将"锡"字复读了一下。显然,这个名字里有些东西让她和过去增加了关联。

姑姑说,为取这个名字,爸爸和现在的妻子还吵了起来。爸爸向现任解释"如锡"的出处时,现任同意可以在同样的出处中选一个词,比如"如星"。

"可是,还是取了'念锡'这个名字做小名,如锡爸爸毕竟和你一起生了如锡啊。"看来,姑姑是做定这个说客了。

妈妈不语。自从我去后,她变得更强大了。她用钦佩的眼光看了看姑姑——这么晓之以理、动之以情的切入点,一下提升了菟裘人的思想水平,让菟裘小镇变得熠熠生辉了。在这刺眼的光辉里,妈妈简短回复:"不见。"

妈妈说:"如果想分割、了断,她可以诉讼。我这人不懂情理,只服法。"

"不是有协议吗,协议就有法律效用啊。"

"我知道。"我妈妈简短地说,"但那协议过去很多年了,怎么写的我忘了。"

"她那有,带来了,你可以看看啊。"

"我不看。"

"也是,"姑姑缓和下来,"我也看透了这母子俩,如锡爸的每一分钱都惦记着。"

"有人惦记是好事。"妈妈说。

"可能,"姑姑低下声音,"她也是知道你结婚的事了。"

妈妈怔了一下,妈妈结婚的事除了大姨一家人,她谁也没告诉。我爸爸这方的亲戚多在山高地远的菀裘,可是,他们居然知道了。

"这是我的事。"

"你一结婚如星妈妈就知道了,回来说了。当时她就想找个机会大家见见,把有些事了了。现在,你看,如星他爸也走了。"

姑姑在这句话里,用了"如星他爸"。

妈妈看着姑姑,被堵在小旅馆进行这种对话实在让她觉得不适。

我的妈妈确实结婚了,五年之前结的,那时她正经历退休。她转眼已六十岁了。

她自己说:"退休了,没孩子们陪伴了,我需要结婚。"

她就是这样一个清晰、坦率的人。

这些年,她事无巨细向我说了很多她遇到的事。这一件,她也说了。

"有点难以启齿,但怎么说呢,我需要结婚。"她这么说,像我就坐在她对面一样——我的确就在她对面,只是在一张照片里。

不久,她遇到了结婚对象。

我读中学前,她一直没有担任班主任——为了照顾我,她没有时间和精力担任班主任。我上七年级时,自投罗网考入她所在的学校。这一年,她主动请缨做班主任,在我就读的班级。三年后我读高中,她也跟到了高中部。我高中和初中读的是同一所学校。然后,她一路陪我到高三。初一时没物理课,为了做我的班主任,她教着初二的物理课,带着初一的班。提前一年让学生见到物理老师、加强物理概念,也是她的创举了。

我和妈妈,算起来,是战友。一开始很多同学不知道她是我妈妈。

我和同学们一起喊她"我们物理老师""班主任老师"。

后来有同学知道了我们的关系,她问我是否尴尬。

怎么说呢,一开始知道她要做我的班主任时,我几乎"爆炸"了,想离家出走,走出国界、星球界。我不能忍受白天晚上都在她的视线之内。

她说:"你常溜号,有时迟到,我做班主任是来罩着你的。幸亏学校允许老师的孩子在自己班,其他学校是不允许的。如果你想调走,我明天去教务处调班,调走你,或者调走我,都可以做到。"

"毕竟,"她双手互抱,"我是一个优质老师,去哪个班,都会获得欢迎。当然,按成绩,你也是'学神级',老师们也欢迎。

85

我们不是母子的话，也会互相欣赏。为一起提高，或者你想有个庇护，我觉得我们可以选择彼此。"

想了一个星期，我接受了她和我在一个班的事实。既是师生又是母子，一起上学，有些时间，还可以一起回家。

"为了和你在一起时彼此都正常，我这么庄严的人，在努力变得有趣。"她说。

"我实在无法抵挡您的有趣。"

"也有弊端。"

"'妈妈'这个词的使用频率恐怕到不了人类的平均水平线了。"

"这是遗憾。"

"哈哈哈……"

在我身边，有些师生也是母子、父子，我偶尔会和同学一起交流从母子变师生的心得，主要是吐槽。

六

昨晚，我这位物理老师向她现在的婚姻伙伴说，她还要在菟裘住一晚，她还没见上我。

在过去的每一年清明，她都会带一个柳枝的头环到我墓碑前，还要用手摸一摸我的照片，才会安心回去过夏天，过完夏天过秋天。

这一次，她已经在小旅馆里住了七天了，还没把柳枝的头环给到我。街上很多人开始议论纷纷。几个和我爸爸沾亲带故的人知道后，也来看她。

她的伙伴对她说:"那要不要我过来陪你?"

她想了一下,说:"再过一天看吧,那个女人还在的话,我就回来了。"

她叹了口气:"不知为什么,我会讨厌一个没正式见过一面的人。不见她变得比见我儿子还重要。"

她说内心里,她想他过来陪,但又不想突然带一个人到前夫家所在的小镇。这里的人,很古怪的。

这一年的清明变得特别——妈妈只是遥遥地看着我,连续看了七天而没有走到我面前。之前每一年,她都要抱一抱墓前的树,摸摸我的照片,拍一拍我墓上的泥土,才能安心的。

从菟裘返回后,妈妈想把我从菟裘带到一个她可以随时去的地方。将来,她说,她要和我在一起。她和他商量。可是菟裘小镇的禁忌让她却步——男孩子是要留在祖宗跟前的,一开始没回来的,都要想办法回来,何况我一开始就留在那。小镇上的一些人,本来就嫉妒爷爷养了爸爸这样一个能走出小镇的儿子,现在,这个儿子不在了,这个儿子回来和他的儿子挨在一起。这样的情况下,带走我于情理是说不通的,于风俗也有碍,风俗是大事,不可触碰。

妈妈说:"要不,我去见见四舅奶,问问她?"

二十年了,从她卸任菟裘儿媳这一身份,除了旅店、小卖店,她第一次走进菟裘一户人家的门,也是第一次去见四舅奶,这是她前婆母的四舅奶。一个镇子大一辈、小一辈的人都称她为四舅奶,一个"会看老皇历"的人。一个镇上,结亲、搬家、动土、开工都要"找"一个日子,需要一个会"找日子"的女人。

87

妈妈来找她，问是否有方法解除将我迁一个地方重新入土的禁忌。

"你信这些吗？"四舅奶问坐在对面的她。

妈妈犹豫了，只一下，便说："他是我的儿子啊，什么都割不断的。"

这个"什么"指定包含了我二十一岁时从她生活里再不回来的离开。

四舅奶说："说实话，我也不知道这个怎么破解，但以前的人不这么做。孩子是菟裘人的，已经在这了，你有什么困难或理由一定要将孩子带去一个新地方呢？"

妈妈说："带他换一个地方，我会遇到什么呢？"

四舅奶叹气："他的气息在这，关键这个气脉，怎么带走呢？也不是不宜和禁忌吧，我要想想。"

四舅奶说："孩子虽然是菟裘人，但说起来呢，也不是这里生的。"

妈妈沉默了，她想起她那个甲方，十岁时才习惯穿上鞋走路，每天去水里凫一会儿顺道捉几条鱼，写字台为何物不是没见过而是根本不知；而在一百公里之外的空间里，她五岁，穿着洋气的小裙子喝牛奶，晚上爸爸带她学数学。

"你再想想禁忌这件事，也不是什么眼前的事，是早先积下来的、传下来的。你的想法，是你眼前这么想，你再细细想想。我是九十多岁的人了，做什么事都不急的，你遇事也不要着急。"四舅奶把妈妈的手拉过来，她轻轻拍妈妈的手。

从四舅奶家出来，心事似不那么重了，她一路开得飞快。

"前两天，如锡爸爸一个同学见到我，"大姨说，"他说如锡说不定就是他爸爸唯一的儿子呢，那个孩子……"大姨欲言又止："她的妈妈再婚了，儿子的姓已经改了，不知有何内情。一年还不满啊，那么大一个男孩子。"

妈妈哼了一下，说姐姐是年老多虑了，没有逻辑。大姨说："这是挑战啊，她明明知道如锡爸爸在乎什么。"妈妈说："人不在了，都是空的。"大姨说："这明显是较劲。"大姨沉默了一下，也哼了一下，说："也许她就是想这样啊，我理解，人总是要往前看啊。"

妈妈没再说话，停了一下，说："如果是事实，完全符合生存法则。不讨论她了。"大姨说："我是觉得不符合他们那个小镇的传统。"

她想起那个三十岁前热血沸腾想远走高飞，三十岁后翅膀像安装了铅块、直线下降的小镇青年，和她共同生活了二十三四年，现在，说没有就没有了。

我出事后，爷爷这面的人说孩子年纪小，还是放在老祖宗跟前有个照应，不能让孩子孤零零地一个在外头。况且，他是在这没的，不宜再搬动他。对于人逝后如何如何，学物理的人是不信的，但是终究没抵住一个"孤零零"和"没照应"，这两个词击中了妈妈。她点点头，把亲生儿子留在了自己付出过很多却不太被待见的婆家人眼皮底下。而这个婆家，一转头就被小镇人隆重地加上"前"字做定语。

想当年，我坟上的最后一捧土，是他们两个人一起用手捧上去的。从那一捧土里，我真切地感觉到他们婚姻的灵魂人物是

89

我。那件事之后,两个人都变得失魂落魄。

爸爸作为菟裘渔民的后代,最后还是接受了温饱儿女、有后为大是最高哲学的思想,虽然,他不会介入育儿的具体事务,也不会清扫、洗理、下厨。他们都需要新的灵魂。爸爸再婚后,妈妈立即和他断了所有往来,再没有过一次相见。在菟裘人看来,没有什么是一块金子摆不平的,管它什么心里事、眼前堵、亏欠、旧情。他再婚,不觉得对谁有欠,该他拿的钱他没拿,就是表达了这一点——多大的内疚,用票子补不平呢?妈妈爱钱的程度没爸爸那么高,但是,既然是爸爸觉得重要的东西,觉得可以摆平她的心的东西,她就留下来好了。这是负气时的妈妈,她并不常常负气。现在,我倒是很欣赏她负气时做的一些举动、决定。因为她每清醒理智一点,事物中悲伤的面积就会变大一点。我不希望这样的事在一个学物理、以教物理为一生职业的人身上发生。

"不是我的,我都还回。"她对她现在的先生说。

"可是,你心里要舒服。你还了,要还到让你舒服的事上。不要因为老了就委屈自己。"

"这个钱,怎么花我心里都不舒服,都烫心、烫手。我自己,我发誓,我养老、生病、遭罪,我都不会动用这些钱。用了,那对我是惊动。我生病了就老老实实生病。我不用钱治,不用不是我的钱治,是不用这个钱治。"

"养老需要很多钱的,有一天你动不了,或者想出去周游,换个更舒服的房子啥的……儿子肯定会希望你多往自己身上想想的。"

"不。"妈妈很坚定,"我就不用,也不拖累我之外的人。有一天,我要把钱取出来。我要和图书馆谈谈,设一个篮球借用区,用能免费借给孩子们用的、全市质量最好的、颜值最高的篮球。我要买篮球。"

他对她说,活过这么久,谈什么现实不现实、谁拖累谁的话,把人都谈低了。

"这是给陌生的人啊。两边家里,"他看着她,斟酌着,"不考虑你以前两边家里,还有什么困难的人、困难的事需要你吗?"

妈妈摇摇头:"你觉得我应该如此的话,我也不了。我要是体力还好,能每年照样去三次菀裘,我就很满意了。"

妈妈坐在那,这是四月尾的一个早上,灯打开了,屋里的光和外面的光连在一起。妈妈看着她的伙伴,平时,她这样叫他。她说:"你想过将来,要留一个墓碑这样的实物,把它竖在地面上这件事吗?还有,到底竖在哪?"在阳台上的那个人回应她:"想过。但我预计我只想和陪我到最后的人一起,和家里其他亲人们汇聚到一起也好。至于在哪,河里、土里都行。"他回过头认真地对妈妈说:"你就是老了,觉得每天时间很珍贵,也不要随便浪费。"

妈妈抬起手,她从十四岁有了第一块手表后,就一直有戴手表的习惯——看了一眼时间。看着手表,她想起年轻时期的爸爸,被房子、工作固定住,想起他说的话:"他在哪,我最后的家就在哪。"这句话中的"他",是指我。说这句话时,他正和妈妈、我商讨我的留学去向,未来去哪个城市工作、定居。

那张写着妈妈名字的存款单,她至少有十年没去碰了,她忍不住展开时的难过，她无法单独面对它。当时设为定期三年，第一个三年到期时她去转存过一次，后来再没碰触。妈妈不知道的是，这张存单多年前就已被一张仿真存单换走。爸爸和她离婚了，并没有交出房子的钥匙，她也没想到需要换锁。这张存单里的钱被爸爸取出来，分别存入两张卡。这两张卡连同那份离婚协议一起，被爸爸寄放在银行的保险柜里。这件事，妈妈没发现，他也对谁都没交代。

经典之夏

一

上午，六楼的617、618刚空下来，两张病床就又迎来了新的主人。同是因为晨雨路湿，骑共享单车发生重度摔伤，两个伤者的手术都被安排在了下午，一个是髓内针固定，一个是钢板内固定。

两位男伤者，都是五十二三岁的年纪。临晚，门诊处又收了一个骑自行车摔伤的男人。这一个，年纪略微轻些，病历表上显示是五十岁。没有正式床位了，他被临时安排在走廊上，为了治疗查看方便，安排在617门口的拐角上。

今天只增三个病人，是比较轻松的一天。

昨天是六月二十九日，夜里，下了入夏后的第一场大雨，雨下到今天下午才停。

雨天路况不好，共享单车的质量似乎也可疑。

这三个人的情况有明显的共性，同是雨天骑自行车摔伤，同在五十岁左右。这个年纪，确实容易发生骨质摔裂。看来，生理常识禁得起验证。至于共享单车的品质是否适宜雨天，不在本院诊询范围内。

这个月过去，半年就过完了。或者说，今天过去，上半年就结束了。一年的下一半一旦开始，一年的峰头就将越过，进入降值期。

一年，一年，就这么快。生的生，老的老。在那个白大褂被授予穿上的宣誓仪式之前，我也曾犹豫我的选择——是不是就穿着这件衣服过一生了？为穿上这一件衣服，三百块钱就可以买上十件的衣服，我在医学院里花了十年的学费，这真是我有生以来最贵的衣服了，在我家的"钢铁战士"、我妈妈眼里——她真是一个钢铁铸成的女战士，在我的记忆里，她好像从没感冒过，身上也没哪疼过，每天都朝气蓬勃的，像要去月球巡航的出征状态。我太烦她这个样子了。很长一段时间，她比照得我每天都蔫得像卖了十天还没卖出的一把青菜，每天要靠她慈悲地浇一点水才能缓过来，以保持能被带上职场的颜值。

我小小年纪，就聪明机智，自知离开她无法生存，要吃她做的饭，穿她洗好的衣服，但我暗地里卧薪尝胆，甚至还存了一点钱，只等年满十八岁，就离开这只每天都在我身边嘶吼的狮子。

想到有一天可以离开她，我真是太快乐了，我在做题时都有一种在为自己取得通关符牒的征服感。

在填报高考志愿时，我大声提出两条要求——是的，我必须发出自己的声音，不能因为眼前有个狮子一样的人物，就吓得我不敢喘自己的气了。毕竟，我已经在四月过了十八岁生日，我发誓，不，是我点上蜡烛许的愿：以后，我才是自己真正的主人，而不是她或其他任何人。我的两条要求：一是，一定要离家越远越好；二是，选择一个我喜欢的专业。但当时，我喜欢的专业太多了，我也自信我的分数完全可以支持我去做选择。

我向钢铁战士宣布我的最爱。我不是凭直觉说的，我是个深藏不露的小姑娘，上了高中后，我就开始搜索调研将决定我人生的专业问题了。我慢吞吞地说了四五个专业，之所以慢，是一边说还一边在心里权宜，这个是坚持要还是放过去不要了。我中意的专业，有动漫设计，有航天航空——以我平时一副娇弱的病猫样子，可能会栽倒在体检上，不过，我的方向要说给她听听，还有地质勘查、酿酒、军事研究。就这几个，其他一个也不要。

"没有一样靠谱的。"我话音一落，钢铁战士就怒吼一声。

作为我个人的女性前辈，她提出指导意见："第一条，你学哪个专业都一样要付出力气，不存在哪个需要用力，哪个不用力就能学好，学啥都很费命——你十八岁了，如果你不想再上学了，可以不去，躺家里，我养你。第二条，小小年纪，别在我面前谈爱哪个不爱哪个，你再活几年再说。男朋友啊，工作啊，专业啊，哪来那么多爱，甜大发了我怕你躺死。"于是，她大笔一挥，连勾了三个学校的临床医学。"不是为了我老了看病能省钱，放心，到你的门诊我会挂号。"

"为了医学的圣洁，请把你的右手放在左胸前宣誓。""健康所系，性命相托……我决心竭尽全力除人类之病痛，助健康之完美，维护医术的圣洁与荣誉……"屈指一算——屈指很多次了，今年，我到医院工作，已满两个十年了。

这二十年里，我结婚，上班，下班，突然不知是哪一点生锈了，我不再爱活动，也不再爱运动、看电影、吃美食——我爱过的东西，在年轻时几乎没有时间和金钱去实现的，我以为我以后会好好去享受的，现在都不怎么有兴趣了。喜欢的事，也可以突然不爱了；不喜欢的事，也可以做好了——是的，我就那样慢慢地成为一个庄严笃定的中年女人。我不太会微笑了，病人眼里的我每日面无表情、冷血无比，从不和人主动搭言，对病人的问题都以最短的句子回应，与人言谈，只用点实词，虚词、形容词、语气词于我形同虚设。

是的，这句话的另一个意思是，我的病人们，不太喜欢和我接近，只有身体不适时，才硬着头皮来见我。

笑和说话也是要耗费心情和力气的，这些，我每天都要省着点用。我从不知道每天到底要接见多少病患或病患家属。另外，我下班回家还要面对家里的人，我怕一天没过完，需要笑时，我就笑不动了。是的，我历来就是这样，会节约用钱，也会节约用微笑。作为我的病人，应当知道，笑不是取之不尽、用之不竭的，和钱一样。

我不介意成为一个在别人看来无趣、僵化、沉默的人，一个每日在门诊楼和住院部之间穿行的，只用一件白大褂作为自己符号的骨科医生。在所有的统一制式的白大褂中，我这一件看起来确实没有任何不同。

我承认，我被一种无形的力量收服了。这么有趣的、有着风发意气与理想的美少女居然能从上班第一天忍受到现在。是的，二十年了，我的办公室都没换过，办公桌还是入职时用的那张。

上午查房。值班护士小吕重点和我说了昨天617两个手术病人的情况：麻醉药效才过，一个还好，另一个一直在大声喊疼。

小吕是个小姑娘,她皱了眉毛,我知道她又要私下说一个大男人喊疼真是看不顺眼。但是,表面上,她还要去安抚,这是她的工作内容之一。

在医院里,骨折算是小病、小伤、小疼。但因为每个人体质不同、年纪不同,对疼痛和疾病的感知不同,表现出的差别很大。为这个,小吕挨过批评,说她对病人不温暖如春。

她向我眨了下眼。

她知道我懂她没说却忍不住想表达的看法,也知道这会儿,我和她是短暂的同盟者与知音,她预料我此时一定又想起了那个让她感到委屈的批评。

她皱了皱眉,说着几个等会也要手术的病人的安排,又悄悄对我耳语:来了一年的那个护士,换药、拆线还急躁躁的,早上不小心在给一个病人换药时撕开了才要长合的伤口,好在只是一点外皮肉,那个病人也宽厚温和。然后,她又说另一个护士,还不能"一针见血"——她觉得,这是在学校和实习时期就该练好的。她比她们大不了几岁,但她叹了口气,说:"这些小孩芽们儿。"

这一天,总是又过去了。下一个月,总是又要开始了。这一天、一个月和过去的每一天、每一月,目前情形看起来,应是没有什么不同了。再这样过一些天、几个月,这一年也就过好、过完了。每一个要来的一天,看起来都是新的——这个"看起来"是护士小吕的口头禅。

查过房往办公室走,我说:"今天病房看起来还行。"

小姑娘接口说:"看起来还行的'行',都费过力气。"

我用不再说话表示认同。

"天天忙过来忙过去的,只是一个差强人意的'看起来还行'。跟没在抢救室轮过,就不配谈成就感似的。"

二

人生走过五十年,我还是第一次住院。昨天手术前,主刀的女医生就说估计我要住院一个月。何时能出院,后效如何,每个人不一样。一条原本好好的腿,因为手术及时,虽然折断四处,被打进四颗钢钉,还是保住了。是的,一大跤摔过,我还是一个有腿的人。

只是经此大难,不知道以后还能不能正常走路了。父亲昨天也来了,说已和医生交流过情况,他说:"医生说得很平静,我从那语气里都听出来了,你这跤摔得一点事没有。"

我已经两夜疼得睡不着,受伤的一条腿肿得比另一条腿粗了一倍。

下午,赵老师来看我。

这是手术后的第三天了,我满身的管子才撤去。昨天是周末,我家人也在。

摔伤后,因为手机没在身边,我直接被送进急诊拍片,当天下午就安排了手术,所以我是在办理好了住院手续,上手术台前才告诉的赵老师:"我早上骑车摔伤了腿,马上手术,勿念。"

赵老师是我二十多年前的同事,我的前妻。

有些了解我的人知道我有前妻,但都没见过。赵老师比我小四岁,我们分开后,她也离开了当时的岗位。小黑子是我和她在一起时她给自己起的名字,因为我长得黑,她照顾我,怕我因为皮肤黑而自卑,就说她也很黑。分开后的第六年,我们在一个会议上重逢。那次遇到,一起开会的七八天里,她什么也没说。会议结束,她还是喊住了我,说当年我误会了她,她又倔强,不肯解释,以为我懂她。我们分开后,她以为我会去找她,结果我没有。没多久,她就听说我再婚了。她在我结婚后,也选择了再婚。但她结婚不过一年多,就出了问题,最终那段持续了两年多的婚姻连小孩还没来得及要就散了。她打开她的钱包,里面放了三张小小的照片,一张是我小时候的,还有一张是我们认识那年我给她照的,最后一张,居然是我们的一张合影。对这张合影我没有印象了,或者早被现在的太太神不知鬼不觉地扔掉了。

我们在这个会上重逢时,她正有一个论起来可以结婚、正不咸不淡交往的对象。她觉得不满意处,只是这对象年纪有点大。她还在可以生育之年,可对方却觉得自己的年纪不再适合养育一个小孩。除这一条以外,其他方面她似乎还满意。可她心里仍有踌躇,担心自己不够慎重。她的父母一直在催,但她和父母也说清楚了,这一次再结,就是第三次结婚了,虽然她不惧怕再离一次。"不是结婚的热切不够,"她说,"我只是想为自己多保留一些思考的时间。"

会议后,我们审慎地,甚至是默契地选择了不继续联系。

又过了几年,我和赵老师再一次不期而遇。这一次见面后,我们恢复了交往与联系。

赵老师是一个冷静的人,又淡然又刚烈。她说,只要我在她身边能见到就好,她不会要我离婚,更不会让我现在的外人眼里的家庭秩序有变。婚姻的那张纸,她不愿与任何人共同持有了。

七八年里,在人生那么多的烦乱之中,我们也都纠结过,谈论过彻底不再参与彼此的未来,结束联系后各安一隅。论及可行的方式、有助于决定得以执行的方式,有移民、调离目前工作的城市、辞职。我们数次谈及一旦被彼此的家人发现,我们的处境将如何,以及是否能承担被发现后的压力。

我们都很软弱,软弱而无耻。谈论了未来,但从不敢将谈论付诸行动。比如,抛掉一切,一起去过这不多的也许就二三十年的余生。去住到一个远离现在城市的地方,有一个小院子,关掉手机,过交通不便、物质不丰的生活,种地,养鸡,养狗,去掉现有经济、名利的牵绊,反正我们有车,只要开得动车。"有彼此的照顾就够了,那些城市里带来便捷的东西,物质、医疗都可以不要。"赵老师有一次说。但我是不可能被她一句煽情的话打动的。我面上不表示反对,只说:"离开什么也不能远离条件先进的医院。"这句话我不止一次说,合是不该出口之言,被我说出口了。

我承认她很理智,她立即说:"小病自医,以我们的学识,看几本普通医书并懂一点小医术并不难;若有大病,我也不想医了,一是医治本身又增一层痛苦,二是医也难医好。"

"这个医疗的便利可放弃,又有什么不可放弃呢?"我们把钱合在一起,买了一个小公寓,偶尔在彼此方便时,一起去那里烧几个小菜,喝一杯酒,然后一起洗碗。说起合资买公寓,不是我小气,而是我工作了多年,确实没有积蓄。这让我说不起大话,也做不了能提升我大方气质的事。是的,因为要和现任合伙养儿子，我连离婚的资金底气都没有。

摔伤入院时，儿子的妈妈正在上课，她下课赶过来时，我已经办好了住院手续。

面容清冷的女医生对她交代："病人受伤的一条腿两三周内都可能会有状况，需要二十四小时陪护。"

我家的"女常委"很镇定地听着。一早我本来是可以打车上班的，或者坐公交、地铁，可我还是选择了骑车。"女常委"是我对现任妻子的称呼，当然，有时候，我也称她为"常委会主任"。在我们的家庭领导班子成员里，她绝对担得起"常委会主任"的重任。

"常委"看了一眼我，踌躇了一下，说："那要请个全日制护工了。"

"常委"和我结婚前，也经历过一段婚姻，时间有五六年，因为是异地，没有要小孩。这一点和我很匹配。她从普通老师升任一校之长，靠的是一天二十四小时奉献给教学和管理。她从小的偶像是林巧稚，长大了，完全是林巧稚式的人物。所以，我一般情况下，称她为"林常委"。"林常委"听着护工介绍，说护理骨折病患要二百八十块钱一天。当得知护理费不能公费医疗时，她又踌躇了一下，说："那我们和其他病人共请一个护工吧，费用分担就好了。"

这份理智、这份遇事的果决与迅速找方法的能力，在我的视野内，找不到第二人。当然，她是念着家里的日子要过的，她在攒儿子的学费。我们打算让儿子高中毕业出国去念书，凭我们两个，不精打细算，是供不起的。请过护工，单位又出面协调，把

101

本来有两张病床的617作为单人病房给我，不安排其他病人进来。

骨科病房的病人虽都是骨伤，但致病因素不同，除肢体行动受限外，头脑都很清醒。我住进来时，正逢上医院搞创新。所谓创新，就是腾出走廊尽头的一间大病房做了活动室，由科室提供一些康复方面的引导，实行单日开放，上午十点到十一点半，下午三点半到五点，由值班医生轮流负责。活动室正面大屏上的文字据说出自小吕之手："疾病对人的攻击，总是以心灵的软弱、抑郁、悲伤为下手点，开心的时候，免疫力最有活力、最有战斗力。所以，要张开嘴巴笑，嘴角打开时，心就不是皱的了，要会笑，牵动心血管张开地笑，以这样的状态，身体才会良好地运转。保持愉快平静，才会让身体越来越好，身体对情绪是最有感应的。生一次病，就是收到一次你要改变生活状态的提醒。"

主任医生认为字太多，小吕坚持，说："如果连看一段话的耐心都没有，怎么治疗？养伤就在'耐下性子养'五个字上。"

"早上做上下牙齿相磕的动作，二十到三十次。有空的白天，也可再做几次，闭目养神时也可以做。另一个活动，是指尖的屈伸和两手互相掐指甲的动作；头部按摩，可以以梳头发的形式；做脚背和膝盖屈伸。这几个部位的运动会保证全身血流通畅，利于康复。"一个年老的男护工在讲经验，几个病人都围着听。

"为什么都是三十次？"有人问。但护工直接略过，继续说："动作可能做起来有点难，但不要小看这些简单动作，天天坚持下来，会带给你意想不到的结果。"

"又是新一天了，你们自己要继续加油。完全可以把这些康复动作看成平常需要的锻炼。虽然在床上，空间小了，但身体的活动不要被床所限制。走路是迈动腿、脚，摆动手臂，只要腿脚移动成步的状态，手挥动起来，就是在走路。你这个人是活的，活人不能被小小一张床限制了吧。"

"能走动，就不是卧病在床了嘛。"这是一个年轻男孩子的发问。

小吕走过来，一眼看到我也在，这是我第一次来，是被推过来的。

躺到第四天，我实在"崩"掉了，别提想念大自然里的小鸟叫了，听到人的声音都惊喜。病床可以移动，这个活动室就在我病房旁边，我请护工将床头抬高，把我推了过去。几天不进人堆，我都怀疑自己是不是个活物了。

赵老师第一次过来探视我时，就了解到了这个活动室。进活动室的，多是常年病号或差不多好了还耗着不出院的。赵老师走前，建议我动动，我说医嘱肢体忌动，也疼。

赵老师冷眼瞧了我一下，说："你伤的又不是两条腿，就算两条腿都伤了，两条胳膊还在，又不是脑子有问题，啥都不能思考、不能接收了。"

"目前你所被限制的毕竟只是一条腿的膝盖到脚踝，在整个身体里，它也只是在一个集体中存在的部位，集体这个整体所显示的状态如何，也是会潜移默化影响和带动每一个单独分子的。这个道理，我觉得你可以尝试用自己的实验证明下，体会伤的部分被其他部分带动着进步是什么感受。"小吕看到我的进步很高兴，热心地说。

我瞥了她一眼,一早她才去过我的病房,看了我一眼就走了,啥也没说。一个人的病房,说啥都只有我一个听众,不值。或者,这么好的金玉良言,说给一个人听,浪费。

"就像人需要被信任和赞美一样,身体也需要,相信你暂时受伤的腿有力量复原,相信它,赞美它,每天表扬它,也感谢它能忍住疼痛。抚摸它,鼓励它,生命的奇迹都是因为这种照顾和信任产生的,当然,也可能因为一样事物或什么人而产生。无论如何,千万不要有一点点抱怨,不要抱怨自己的身体暂时地不工作。"小吕继续讲,旁边站了两个新来的小护士,还有一个实习生,病人们把这个腿脚灵活、天使一样的年轻姑娘围在当中。

"每天天亮了,我觉得我们科病人的第一件事,就是记得表扬和鼓励自己受伤部位的肢体。当然,天黑时,也别忘了感谢和赞美它又陪你过了一天。还有,当你看到腿或伤口有改善和进步,都要记得肯定它。我确认,它会感知到的。如果改变慢、不明显,也不要指责它,要鼓励它加油、不要泄气,告诉它你信任它!"

看着眼前的小姑娘,我觉得我来的简直不是医院,是某个心理课教室。小吕接上前面男护工的话:"新一周开始了,在场的加油哈。别小看大叔刚才介绍的那些简单的脚背屈伸和动动腿、动动脚趾、动动手指的动作,还有抚摸淤血的肌肉的动作,康复靠的就是这些。自己对头部进行按摩,磕牙齿,梳头发,按耳朵,都不那么难,动作简单,但别小看,都有作用的。训练和不训练差别非常大,坚持和不坚持不一样。喝鸡汤不难的,你能消化。"

"还有，黄金二条，在座的也过一耳哈：一是房间没有人时，千千万万谨慎，不要擅自下床，不要把正在愈合的伤口撑开，一定要有一次把伤口养到位的耐心——皮肉外伤，怕就怕不一次养好、长合。二是能自由活动后，不要立即负重，不要短时间内再受外力，不要因为有一点进步，有一点不疼了，就掉以轻心。疼这个事，就是爹妈儿女也没法子替你，医生也替不了你。"

听到入神处，似乎我不是一个病人，而是一个没生病的人偶然路过了这里。旁边又来了个人，半躺在床的姿势，这个人的伤好像在肩背处，不好转头。我扭头看他，却一眼看到赵老师又来了。

三

去年没休的五天公休假和今年的公休假加在一起，有二十几天。某同学很会选摔伤时间，我正好要休假。是的，我说的这个某同学是我的第一任丈夫，上上周开始，他躺在了某医院的骨科病房。他需要一个人陪护，帮他吃饭、换衣、擦洗、大小解，还有最重要的，需要康复按摩。这个人很小气，到死都舍不得钱，摔得这么重，连全日制护工都没请，与隔壁病室的人合请了一个护工。

我住得离医院有点远，自己开车过去单程也要一个小时左右，医院停车麻烦，有时在门口等两小时不一定等得到车位。选公共交通的话，转公交换地铁再从院门步行到病房，要两个小时。但只要能去看一眼，两小时，我可以承担。

昨天，查房的医生说，他恢复得真好。

面色冷酷的医生表扬了他这个状况：天气这么热，他却能恢复得这么好——和他一样状况的手术者，炎症都有反复。医生说，乐观的话，两三周后他就可以出院了。与他伤势差不多情况的病人，如果不注意恢复，两三个月也达不到他这个水平。

骨伤的康复要有耐心。某同学在食物上戒了生冷辛辣，每天在床上坚持活动各关节及脚趾，肢体的力量感陆续回来了，尤其可喜可贺的是，他的腿部肌肉没有一点萎缩迹象。到第三个星期，水肿全部消除后，他的左右腿能恢复得一样粗了。

最新的一张 CT 片是前天出来的，显示骨痂已形成。

目前，拄拐上洗手间、洗头、擦洗身体，他都能自己独立完成了。我仍偶尔帮他做个屈伸和按摩。之前医生判断有两片肌肉可能坏死的地方，经过每一天小心按摩，肤色、弹性都已经完全复原。原来的淤青、淤紫已经褪去，红润的新生肌肤长了出来。

"下周可以出院了。"医生说。

而这一周过后，我的公休假也结束了。这一个月，除了两个周六，我每天的闹钟都设在早上五点二十——结束学生时代生活后第一次连续近一个月早起，半小时洗漱，十分钟吃一点早餐，然后步行加换车两个小时到他那。其中自驾去了两次，都没逃过停车排队，也就放弃了。打车不现实，单程一次就要一百块左右。

开始的几个早上，我还会用醒来后等早餐的一小段时间看会儿医书。后来，有时喝一杯白开水都没空。这一波早起生活的来临，让我又看到了这个城市在天亮前的样子，看到了早上的街道和人群。洗漱毕，大约是六点。往六点左右的晨风里一走，人立即不困了。我们很少发信息，出发、返回也不报告。他的手机没有密码，他保持让太太可以随时看手机的习惯。克制不住地发信息，觉得需要彼此提醒什么才过得好一天，分享让人觉得沮丧或得意的一件事，那是小孩子们的童年游戏。我们这一代，幼年之后就拥有中年人的心态。

有两次，他的一个同事来看望，我恰好在，没来得及回避，他自然地介绍："我姐姐。"

四

髋骨、小腿和脚踝三处重度粉碎性骨折，看来我难逃住院的劫了。好在不是重要脏器受损，不影响性命，不算大劫。本来想不声不响地自己住院算了，但进了医院才知床位紧张，一床难求，更别说住进人少的病房里面了。

妹妹说："这院说不定一住两三个月，你还是找找人、打个招呼，过道的临时病床太不方便了。我们也不指望什么单人病房。"

妹妹说得有理，我立即打电话给医卫线上的同学。院长得知是我这个老同事住院后，痛快地给了一个单人病房，是才空下来的618。

眼看着我在这住了一个月了。

我才听护士说，一起住进来的隔壁617，这一周要出院了。

我的恢复状况不太好，今早主任看过片子，说还要住院观察。

这一个月的住院生活，是我工作二十多年来最大的一次休息——真安静，真幸福，住得真高兴。

虽然在最初几天，疼痛难忍，无处可逃地疼。

从参加工作到目前，想一想，只有这一次住院，我获得了真正的休息与放松。一直向往的松弛感，以这种方式被我感受到了。我以为不到退休，我是不会有这么通彻的休息的。而且，我有了一个人完全住一个房间的快乐，这里真是比五星级宾馆还好啊。平时会议也是一个人住，但会议总是少不了迎来送往，现在的会议，多是见面会或重逢的场子。

唉，途中的休息和终点站的休息怎么会一样呢？这一个月，二十多年前我就买回来的、天天放在床边的、一放就放了那么久的几本书，终于被我"翻上牌"了。

几次搬家都拎着，放在床边的小木柜子上，每一天早上都以为当天晚上会看几眼，几天就看完的书，一不经意，居然被放了二十多年。我也不是每天都忙，只是每一天，都有这样、那样的烦和杂，心不静。

这几本书真是不禁翻，很薄——《六祖坛经》《庄子》《近思录》《萍踪侠影》《搜神记》《七侠五义》，后两本小时候看过部分，没看全。《萍踪侠影》年头也很久，记得是我在1993年买的，第一页赫然印了三十二本书的名字。当时看到这个书单，我太震惊了，居然有人可以一个字一个字写这么多。别说写了，买了来让我都读一遍我都觉着无法实现。时间和钱，我都没有。

这三十二本书的书名，当时我默默记下，几乎烂熟于心，想着去街上五六分钱一天的租书店租来一本本看，租十天才几毛钱。可是，我只租过其中一本。我真要感激上天的这个安排了，只在病床上这么一躺，就和之前有影没影的事对接上了。《萍踪侠影》不是我住院后翻开的第一本书，第一本我看的是《庄子》，但从头到尾完整地一次性读完的是它。想起了当年买它时，我在书摊上那么随手一翻，翻到的不是第一页，是其中一页讲云蕾听一个书生念"那知卉木无情物，牵动长江万古愁"，我一念心动便掏钱买了下来。

上学，工作，结婚，管小孩，管老人，天天穿着一套光鲜的西装，领结打好，过得有车、有房——这些，都是我花时间过出来的。每有了一样，我也就更老了一些。作为男人，好像只有这样过才是对的。

我家"皇后"三十多岁时睡眠就不好，十几年反反复复。我受的也不是大伤，不想惊动她为我烦劳，就请了全职护工，一个月七千多块的工资，在我的承受范围内，钱能解决的问题，都不是问题。

每日医院都有配餐，各种汤、菜到了餐点就会送到病房门口。"皇后"说想做好送来，我说："你不要担心这儿的饭菜，现在的食堂管理都很过关，搭配也科学。你中午有空过来，也一起吃医院食堂。不必动锅动灶，天这么热，一动一身汗。老夫老妻的，早已是亲人，你做费时费力，采买打理，再送过来，何必呢？就是图一个饱，简单最好。"我年轻时理想的幸福生活中，有一条是"衣来伸手、饭来张口"——这一个月里，我过的完全就是理想生活。

表面上，我这二十多年过得风生水起，有工作，有地位，实际呢，过得很溃败。溃败之处很多，只是没人可说，不可说，不愿说。能以平安、饱暖抵消的，就自己放心里沤掉吧。

护士站的小吕建议我不要一直闷在病房，她说隔壁就是复健活动交流室，病人之间多交流有益康复，617的病人住进来没一周就往活动室蹓了。而我，只想避开人群，静静地待着，不是因为长了"官架子"。

五

哥哥摔伤刚住院，妈妈就和嫂子发脾气。嫂子是可以请假陪护的，可是却请了护工陪护，哥哥说这是他的意思，很多骨伤病人前期行动被固定在床上，不请有力气的护工帮助真的困难。

妈妈已是八十二岁的人了，年纪这么大，还参与哥哥的事，真是老当益壮。她和我说："就知道心疼老婆，不知道心疼钱，钱是风刮来的？一天二百多块，够买一年的米了。"

她面上说的是钱，实际上，她就是要较一个劲，想让嫂子去服侍哥哥。

如果嫂子把家里活全做了，做了自己单位的工作，回到家还服侍哥哥，好好洗衣做饭，她的心就愉快了。

这些年，哥哥和嫂子之间，因为妈妈在其中，又总是偏心哥哥，嫂子对家的心一点点凉了、淡了。什么心，都抵不过日蚀月剥。

有一次，妈妈看到哥哥下班到家了饭还没好——可嫂子也才到家呀，嫂子因为累，先坐在那休息，正好被她撞见。她虽然没有当面把我们小时候邻居家一个坏婆婆常在嘴上责媳妇的话搬出来，却敲杯攒碗，用肢体语言表达不满。她认为婚姻是让儿子得到照顾的途径。这些年，母亲没少在他们中间制造罅隙。

还有一次，哥哥和嫂子吵架，她在背后支持他俩索性分开过，说："你是个男的，你不要怕。"

哥哥白她一眼，说："和别人就过得好啊？就是一起搭个伴。您想多了，这世上就没有人'活的了'。"

这几天晚上，我都会过去看看哥哥。有时嫂子在，有时妈妈在。

哥哥说："你们能不能不来？你们不来我感觉我还是活的，你们一来，我反怀疑我自己是不是要不久于人世了。"

哥哥唯一一次叹气，是下了手术台，麻药时间过了，开始疼，晚上实在忍不住，他请医生打了止痛针。"人要服老的，年轻时觉得服软不易，服老也不易，本来没有后来有的，随着年纪不济，上天的手会伸过来一样一样往回收，我不是说物质。"他看着我，"我是说对疼的忍耐、和人较劲的能力、对外界的感受力……非得要等都被收回了，才平心静气吗？这一点，不自己领受，难道要别人来告诉吗？"

六

没想到有一天"住院"这样的事也轮到我，明明只是摔了一跤。

老婆生病后，我最怕去的地方就是医院。

住院真不易，傍晚过来了，病房的床位一张也没有。头一天的雨下得太暴了，第二天下午的路上仍然雨水横流，我一跤从路边摔过路护栏,要不是对面驶来的那辆车的司机很机灵,我的命就没了。

护士小吕将我安置在走廊的临时加床上,说要是早来一小时,这床还有人,这个病人刚转进618病房。

进骨科的病人,虽然不是些恶劣之症,但住进来了想出去都没那么快。

第二周,账单上显示手术费、其他各种费用已近六万块。生病不止疼,还贵。

这一层楼是混合楼层,一部分是骨伤。听说617、618里的两个病人是和我同一天摔伤的。

小吕打趣:"这场夏雨不大,才来三个伤员。有一次大雨,一天进来十几个。雾天啥的,也都有收。隔壁神经科的人都羡慕我们科的,说我们看天气,知忙闲。"

给我接诊的女医生说,这一层楼,我们三个算是比较重的伤了。"说重也不重,不需要上抢救的按理是轻伤,你们自己别有心理负担。"

本来,这周我就想出院回家去养,住院费用太高了。但护工却悄悄提醒,要是回家养,就一点都不给报销了,还是住下来划算,有个什么状况,医生、护士也都离得近。而且我家住在老六楼,电梯都没有,这不能动的腿回家了怎么上下楼?家里有人背还是有多功能轮椅?而且,还有后续检查,来来去去不方便。

我已经在走廊里的加床上住了二十几天了,仍没排到正式床位。虽然我是男人,也有一个大布帘挡着床的四周,但仍觉得不便。我要知道为赶那么几分钟的时间骑了一次自行车,会花掉这么多钱,当时就打车了。

617好像请了一男一女两个护工,男护工和邻病室病人共用,女护工好像是外请的专业护理,天天早上八点左右到,下午四五点离开,休周末。女护工来去都戴着一个大口罩,见谁都不搭言。618请的是一个全日制男护工,家里人偶尔过来,有老母亲,有兄弟姐妹、单位的人,探病的鲜花都摆到门口了。

我一直以为,自己这一倒下,全家会大乱——平时里里外外都是自己忙活啊。

现在看来,不会。

家里仍是好好的,那些要处理的事情,慢一点快一点也都不急了。

以前我总以为,生病都是过得不太顺的人的经历。现在,自己也倒下了。老婆的病,也一年多了,六次化疗结束,她也许会好起来呢。老婆生病的事,我和家里远一些的亲戚、单位的人都没有说,这不是可以分享的事。

这一个月,我都没在医院订餐——真是又贵又不好吃,也不知卫生状况,都是老婆和儿子做了,给我送来。医院的楼层里有公用冰箱、微波炉,热食物很方便。老婆近来的精神状况好了很多。她一直不那么乐观,因为我摔了这一跤倒振作起来了。

昨天,又是小吕值班,她对一个病患家属说:"受伤就是受伤,想多了都没用。"

早上我问接诊我的中年女医生:"什么时候有病床空下来?"

女医生说:"病床没空下来,有人离开,才能有人进去。不过,空下来会优先安排加床入住。"

113

我点点头，表示感谢。一个月前，大雨天气要来时，我关注了一条微博："如果不出我所料，这几天又要有几台摔伤手术忙了。"

灵光一现，我忽然意识到我关注的那个博主就是这个给我接诊的女医生，虽然我天天为谋生忙得如泥菩萨一样，但当年也做过侦探迷、气象云图迷和易迷。我说："我看到你在微博上预言雨天的出事概率，我还特别注意了一下天气，可仍稳稳地成了分母上的分子。"我忽然觉得猜出一个人网上的隐匿身份有点冒犯，但话已出口，来不及收回了。

女医生站在那，很冷的表情，工作范围之外的话让她反感。

小吕惊讶了一下，似乎想问女医生，但一看女医生冷冽的样子，没有开口，反而向我说："感谢你成为分子。"

这个微博号我一直关注，内容都在讲明天、下周、未来。我喜欢的时态就是未来进行时，这个微博号的内容从没有"今天"或"回忆"这些字眼。今天过去就是今天已不再，这个气质我太喜欢了，令我着迷。随着年纪增长，生活压力增大，心境发生变化，生活越过越塌，我几乎已经没有外围，对和生存无关的事皆在自动远离。社交平台上仅有一个微博号，但从来不发，以前关注过些风云人物和特定人物，也陆续取关了。目前只关注的这一个，似乎就是给我做手术的女医生的，我确定是她。

女医生走开了，年轻的小吕小跑着跟在她身后。

麒麟襻

一

家里两个远亲在一起说悄悄话，欺我年幼，并不避我。一人直言我的祖父是被我祖母下了毒，有声有色地说亲眼看到我祖母喂了祖父水银。

那年我六岁，已知道什么话是私密话，不该转传他人。虽然死的是我爸爸的父亲。

这件事中的每个字在后来的日子里，体积不断变大。我的身体在成长，心也大了很多。它们执拗地、大面积地占据我的心理空间，甚至使我此后经历的其他事都变得小了，变得只是在填塞这些字的缝隙。

说这话的两个人在我长大后，仍常来家里走动。

"你行到处都有祥瑞，你不要软弱，你将活得比任何一个仇人长久，你将多有一条命——这一条命由我给你。"祖母活着时的每一个新年，手都会沾了桃木灰的水后搭在我的前额上念。

二

"蕾丝边太开了。女孩儿穿有蕾丝的衣服会把情绪露出来。"那是我第一次不喜欢她。

我的情绪,为什么不可以从我的一件衣服里露出来?

就是露了身体的部分,又有什么?

二十多年之前,我的衣服上开始出现可以开合的拉链。然后,我的一条被罩的缝口也用了白铁的拉链,换洗时可以只拉那个拉链。之前,我被罩的开合处,是四只麒麟襻。我的小罩衫、冬天的小袄上,也是这些襻子。

祖母告诉我:"这些麒麟襻,只我会盘。"

她自语,大意是另一些会盘的人应都不在了。是谁,不在了她如何得知,她没在这些自语中说出。

"我得活着。"她总是说。

有人、无人,有事、无事,她都能用上这句话。

她的麒麟襻,是小时学的功夫。长大的人,心散了,手指变大了、僵了,再学不会那样细腻的手工。即或能照猫画虎,但布丝条之间的牵连与契合的紧密达不到了,外观也就不好看了,盘出的襻子是松而大的,看着就不能将吉祥的寓意撑进去。

我现在已经叙述不出一只麒麟襻的样子。

它无论是用花色布条还是素色布条做成,那样子都是金贵的,不是人间的仪颜,无论配明黄、深紫还是素淡的灰,都会让一个小姑娘或者女人变得端庄明艳。

也许,你觉得一个小姑娘或女人的美根本不会和一件衣服、一件衣服用什么襻扣有关联。但是，等你换上一件其他襻扣的衣服，你就知道了，同样一件衣服，原有的那种"神气"立即没了。麒麟襻确实和一种神秘的美有关，只有它，才能带给你。

平和的、微微的仙气，就那么附在一只襻扣上。

就是从小专门学过编襻扣的，也不是谁都编得好麒麟襻。其间的紧密、舒张，不同的人用不同的力道拿捏，就像写大字那样，能分出百十个段位。

我祖母说："这一百年，只有我家的姑娘盘得出。"

"那只是小小的、一点不经意的小事，可是，却并不是谁都做得来。"

要有小时家常的耳濡目染，又要当事人有一点灵犀吧，也许还要加上一点神秘的东西——万物在人间总是有别的，不会均匀地在每一处都有，不会处处都以同样的面目呈现。

总有一些旁人不在意的事情，成就了一个女子或者一个家族的神秘。我祖母小时候，并没有特意学过针线活，也没有一心念书，她甚至不知道自己会什么。

成年后的某一天，经过一些布料的时候，她忽然地裁取了一些布条边，然后，回到房间里，她一编就编出了一色英气端然的麒麟襻。

她静静地坐在那，像不是第一次，好像几百个、几千个的襻子已经由她手里经过似的。

一个人默坐时的气息会怎么流动——也会撞到什么物件吗？总会有不知道的什么在经过吧？

我出生之前，家里有很多一世都穿着有襻扣的衣服的人，现

117

在他们差不多都已经老了。

我妈妈出生于二十世纪四十年代。她小时候流行洋装,洋装上用的是白铁的拉链,或是貌似琉璃的各色纽扣。

祖母一代的衣服被她视为过时旧衣。

在那些旧衣上,我见过荷叶襻、菊花襻、八宝银线襻,常见的襻扣就是这些吧。

我们家以前的衣服都自己做,这个事情延续到我出生。有一年,见到姑太做好的旗袍上是一色新襻,我问是什么襻,她说那是凤凰襻,难得到民间。

我长大了,并自然地爱上了应时的东西。

有一次,我不知怎么兴起,一定要带祖母去看商场里的纽扣柜台。

一柜台的纽扣摆在那里,材质有玻璃、塑料、珍珠、贝壳、玛瑙,各种大小、颜色和形状,有世间的美都被容纳过来了的感觉。

她淡淡地、一个个地、庄严地看过,说:"可它们真都不配我们的衣服呢。"

她一点不觉得这些纽扣美,这使我不高兴。

"最好的衣服,还是有五只麒麟襻的。"就是这一天,她对我讲了这句话。

这是一个有很多字的句子。她很少在新年以外的时间,一次说这么多字。

现在,我偶尔写一些东西,总觉得是她把那些没说的话省了下来,秘密授予如今的我。

我至今也没有见过肉身的麒麟,我见的都是布的、玉的、石头的,其中布制的居多,各种颜色、质地的布条盘成麒麟襻的样子,搭在我的衣服上。

她后来应当是爱上了我。爱于她,是不容易发生的,使我产生怀疑。

她相信她的每一只麒麟襻都是和我同命的。一只麒麟被赋予形体,就会在它盘桓处活过来。

三

我有三个堂姐,至今二十年有余,都和我无走动。

四个女孩,三只纯金的项圈,明显是不够分的。但那时的家里,也就只有这些细软了。

当时说好了,项圈不给媳妇,只给几个姑娘——好歹是要嫁人的,要带点传家的去,不能让人家看不起。女孩不比男孩,他是娶一个进来,以后家里的都是他们的。

我出生时,这些项圈还没分。我一出生,家里的大人就着急了。

大娘提议要以长幼顺序分,二娘、三娘也同意。三个嫂子这么一说,我母亲反驳不过,也以有这种争执为羞。

也有长辈提议将三个项圈请金匠熔了,改铸成四个。但是,家里人都说街上的金匠手艺差,没有好看花色,又会在铸时偷金子,且会减金子本来的成色。

四

外祖父一直想活得久一些,他这一辈子对什么都不放心。他觉得自己是可以活到一百岁的,可是,刚过完九十岁生日,他就去世了。

"你也会去世吗?"外祖父一去世,我就回来问祖母。

我很小的时候,也没有人教我,但我就很清楚地不喜欢说"死"这个字。

她说:"会。"

"为什么?"

"因为你出生了。"

"那如果我不出生呢?"

"我也会去世,但会慢一些。"

"那我可以回去吗?"

"来了就不可以回去了。这是最大的规矩。"

"有人可以成为一个不守规矩的人吗?"

"不可以。"

五

我祖父有两个弟弟,他们因为没有接管到家里的主产,处处记恨着我们。

我祖父的父亲去世下葬,用的是六十四杠抬棺。在前面打灵头幡的是祖父。

太祖父做事一向就低调少言。他活着时就说,用八杠都多,十六杠更是不可以。

但他死了,一切就由不得他了。亲邻一众及舅爷们都赞成改为六十四杠。

下葬的方位是家里的先生早用罗盘打过的。二爷说那个角度旺大房,他暗里请先生重打罗盘,要压下大房一枝。

之所以说到这个细节,是从那后,二房,也就是祖父二弟一门,再没有和我们家讲过话。至此,兄弟之间的关系连邻里都不如。他们家的女眷也不再请祖母参谋过年衣服的样子。在此之前,他们一门的女眷腊月里选新衣都请祖母帮着看样子。

六

我的祖母不是本地人,亦非自己父母亲生。她的生母是当地的一个萨满,在她不到一个月时,把她放到她养父母的门廊下。她养父母得了这个女儿。为了隐瞒她不是亲生一事,她的养父以帮人授业为由搬来此地。

七

金项圈事件发生在新年左右。三月里,祖母送了件新衣给我,用淡褐色的䩄纱做的斜襟短上衣,淡金的绳边和麒麟的襻扣搭着。

她说:"只做了这一件,我这个料子只这一块。"

我天天盼着天快暖,能穿上这件衣服。

有一天,我又拿出来看。爸爸一把团起,扔了出去。

"一个金圈子就这么被打发了吗?"

八

我家很早就有缝纫机。

家里过得不景气,很多事都要亲力亲为,包括做家里每个人穿的衣服、鞋袜。

她说:"针线在手里,就是有了把握。"

那些衣服,怎禁得起那些野蛮、密集又粗糙的机械缝合?要一针一线地穿过衣服,才会知道哪一部分需要怎么对待:针密一点,还是松一点;弯一点,还是直一点。这样缝起来,衣服才好穿,好看。

那年春天,我去外祖母那待了一年。第二年我回到家,那件祖母手缝的靠纱的衣服已经小了。

有一次我对祖母说:"就这一件好衣服,我还错过了。"

她找出那件衣服,拆下襻扣,又裁了一件新衣。只是这一件不是靠纱的,是缎子的,是她收藏的另一块布料。

她用两件衣服哄着我。她说:"金子你长大有的是,这些你现在没有,以后就永远不会有了。女人的年纪,过了一年,就没了一年。衣服比金子贵。"

九

祖母生于1919年立夏,阳历五月才开头,日出卯时。那年发生了几件重要的事,比如写文章可以像日常说大白话那样了。"白话",在她所在的民间,是另一种意思,如"你白话什么呀"。乱说的,无依据、无章法可言的谈论才被她们谓之白话。

她的夫君，也就是我的祖父，着实是比她大了一些，大了三十一二岁那样。

那时，一个男人可以娶两三个太太。祖父是慕名去她家提亲的。他和她的一位姑父往来亲密，因此知道了她。

这个亲事，她父母不太同意，但她觉得无妨。她自己的一位姑母，嫁的是当时有名的张家——比她早生二十二年的姑母，在旧风气更浓时，嫁了年庚相差无几的潇洒美少年。到了她这，总也要找个年貌相当的吧。

但是，她不这么看。她只说姑母的境况，嫁过去的二十年里，隔个三两年，这姑姑的夫婿就要结一次婚，或者领个女秘书招摇出入，姑姑还要装着当个贤妻，帮新进门的女人张罗寝食。

她像预先看穿了一切一样，像抱着怎么过都是一生的态度一样，应下亲事。

这让她的父亲感到意外，因而后悔来征询她的意见，也开始后悔没有成全她"出洋"留学的愿望。

婚后，她被免去了从小的名字，开始的一两年，还会被人称为"于家二姑娘""于家二小姐"，又过了两三年，她连从前的姓也被省略了，开始被人称为"小嫂子""舅母""婶娘"。她被这些称呼淹没了。

靠近她的人，每个人，与她之间，都可以用这样一个表达亲缘关系的词来替下她活生生的本身。

而那时，在衣服和金钗子之下，她才刚到二十岁，她才开始过起人间的日子。

报纸这个事物也在这一段时间出现，但那时，还不是每个城市都有一份日报，更别说附带的晨报、晚报。电话为何物，更是无人知道。

人们彼此的信息传递靠书信。她刚嫁来祖父家时，会给家里写信，慢慢地就不写了。

她结了婚，就开始和很多东西失散。人和人之间的碰面与联系，开始像两棵树要碰面一样。

十

不会避孕的女人，在七八十年前，如何处置那一团腹中肉？每个女人应当有不同处置方式。

生了第三个儿子之后，她还只有二十六七岁，是才盛起的旺年。

她嫌弃儿女缘太旺。第一个孩子和第二个隔两岁，再一个，只隔十五个月。第三个生下没多久，第四个就来了。

第四个孩子生下来，就被放在门口的雪里冻死了。后来的第五个出生，正好也在冬天，可这一个没冻死，只好被收了回来。第六个，抱到街上扔了，至于落到谁家，没有人多探问。少一个儿子，少一个分家的人。

她连续扔掉他们。还有一个，生下来，放进给婴儿洗澡的桶里，她一天没有拿出来。她有一次说是忘了，有一次则说以为能淹死的。这个婴儿被从洗澡盆里捞出来，她又把他蒙到被子里。

那时，旁人再大的事，都无特别多的人去关心——个人温饱都顾不及。不像现在，一件邻人或朋友的事，甚至不认识的人的事，总有人就算赴死也要了解一下、传播一下，才觉得活着是有意思的。

十一

十四岁到十七岁半,她在北平度过,跟在在北平做事的哥哥身边读书。十七岁快过去那年冬天,在她要去美国继续读书的时候,她回了一趟家,想收拾些行装,也向父母辞行。

她忽然在返程前生了重感冒,一直咳,虚弱得无法起床,被医生疑为肺部有问题留院治疗。

因为卧病,她错过了船期和开学。

春天到来后,她母亲忽然改了主意,抵死不愿她再去异国。这期间,一直在北平的哥哥举家去了南京。在北平,她除了学校,没有可依赖的人。父亲没有像母亲那样反应强烈,不愿她去是因为有另外的路线,他教她读《庄子》和《易经》,每天黄昏前,都把她喊到跟前,一起谈论一段。

没多久,她即被我当时年过五十的祖父娶走。

十二

很多年前的一个雨季,我到江南,在一个街上,忽然看到一个人在卖一只很大的石质麒麟。

他说:"年纪大了,房子也搬了,这只麒麟我带不动了。"

我买下了这只麒麟。

不是我能记得起来的时光回来了,而是我也到了人生的另一个时间段:更愿意在一间小小的房子里,安静地过掉每一天。我也有一个不愿打开的自己。

有一年,我在家里住得久一些。我偷窥到,她一直在悄悄地、不引人注目地烧一些东西。家里比之前已空了很多，显见有很多东西被处理过了。日记、旧的信件、一些她保留的个人物品，甚至多余的衣物、生活用品。

并不是每个人都喜欢把自己打开，把自己向更多外人"展示"的。

她可能早就开始整理自己了，只是遗憾死亡一直没有来临。

她的箱子、屋子都在变得简洁。

十三

"我要你行到处皆有祥瑞，你必温和、沉静，你要活得比任何一个你爱的人长久，我要你有同他们告别的机会。你会多有一条命——我会给你，那是我没有用过的我的部分。

"你必不会拙笨到在一个没任何血缘关系的人身上用情。

"没有人可以搅动和惊扰到你。

"你不必尝试和一切取得友善的联系，你的人生不必通过这些联系完成。

"你所见，都是我眼里的外物——所谓外物，有一部分是你无法也不愿抵达的深渊，但你不必惧怕。

"你必将到我为止。有一天，你必将我重复。"

这是我从她最后烧掉的一本日记里，从火边上，偷拍下的句子。

生存联盟

一

还没醒透,我就瞄到手机里趴着一堆对话。

我点开,那是我手机微信里唯一的一个群,群名为"求群联盟小组"。记录显示,凌晨两点,微之将群名改为"中年联盟"。凌晨五点,李校长又把群名改为"同城生存联盟小组"。

他们两个夜里经常连线,像每一天都要彼此通告一次:我还活着。

对话时间从凌晨两点开始。

"咦,今天我看到玻璃了!"

"现在他可是这城里专门钻研人类冷血动物的大法医了。"

"最近那个凶手杀害同居男友,把一个好好的小伙子在冰柜里冻了半年的案子,就是他上的。"

"这案子他上的?"

"是啊,我一早看到了玻璃。这玻璃是什么材料做的人啊,那么淡定,他夜里才从解剖台上下来。他喝着肉汤对我说,他一上案子就意识到谁是案犯了。他说,从心理学角度来说,在越平静的地方越容易被侵犯,他一看女嫌疑人房间的那个状态,就知道这场犯罪蓄谋了很久,绝不是临时起意。"

玻璃是李校长的高中同学,一个大男生,上高中了还动不动就哭,就有了"玻璃"这个外号。玻璃的父母都是医生,当年哭着劝着让他学医。后来不知哪来的一股力推动着他,学着,走着,成了一名法医。

"是啊……很尴尬……这条新闻我还是从玻璃那知道的。我之前居然不知道这个新闻,我真是把自己锁进真空了。玻璃一说,我回来立马把手机开了——真不能和这个世界失去联络啊。手机还是要用。白天不用手机的誓言我不坚持了。"

"哈,我保证每天也来这里说几句话。要是不说,你们快去找我——说不定我也是有了什么事呢。"

"这女杀人犯,长得是好看……可看得我后背发凉。她哪来的力气啊,往装牛羊肉的大冰柜里装同居男友——搞得我对牛羊肉都有阴影了。这女的真是,找这么个男人——被气到当杀人犯,不值得啊。据说死的这个男人同时谈着两个好姑娘,另一个女孩也执意要和这男人一生一世。这××的。"

"她父母心也够大的,眼睁睁看着自己的姑娘长大了,又出了这事——案子里说这姑娘家事后很淡定的。"

"不能太看重外表啊。这些奶油小生——现在这些词真是够恶心的,真是变态。"

"我这个很淳朴的、还差几年才半百的老人都听傻了,好一会儿脑子都没反应过来。最可怕的是这姑娘杀人后的反应——玻璃这么冷血的人也说,姑娘明显不值得这么搭上自己的。"

"不值得。"

"什么事都不值得的。"

"活着是最好的事。"

"啊,我能活着要感谢多少人啊。本来我一早醒来时还不怀疑人生的,现在,我整个人都不好了,想去爬山,想找人拥抱。这教工宿舍,我一个快半百的男人都不敢自己住了。"

"哈哈,一个人住是待遇。你还是一个人吧,万一舍友不淑呢?还是一个人安全。"

"我早上起来本来可淡定了,觉得天可蓝了。然后,我遇到玻璃后,就连说话的欲望都没有了。人类的感情发生变异了。"

"看这段:2018年××月××日,何某诚杀妻藏尸案在上海公开审理,由此揭开本案中许多令人震惊和匪夷所思的细节。昨天刚过完30周岁生日的犯罪嫌疑人剪了板寸头,穿深咖色外套,坐在法庭中央。当检察官陈述他所做的那些荒唐而冷血的行径时,他面色苍白、表情木然地听着。审判长让他发言时,他的声音轻得没人能听见。"

"想吹下冷风,这是活生生的《水泥花园》——前几天我在外国长篇小说课上才讲过。这条新闻,我从头到尾细读了两遍。"

"杀了已领证的女友,然后把人冻在冰箱里,冰箱就在眼皮子底下,这凶手的心理承受能力得多强大啊。这种类似的案件,平常我都只是看一下标题就算了。看半条类似的惨案新闻,一天中的半天就搭给咨嗟了。极端的新闻不该进行像今天这样铺天盖地的传播,这会教坏没判断力的人。我要和新传院的人谈谈这个话题。这两个案子相似度太高了,很可能是模仿作案。你们系那个什么人类学博士,也爱研究各种杀戮案、失踪案和人性心理,恐怕是想把这种东西参透了,自己变成'钢铁战士'。"

"我内心也偶尔脆弱的。"

"我是反脆弱者,但这样的案子让我不舒服了。"

"上午,我搜索了后一案件里的犯罪嫌疑人,他还是个有微博号的人——啊,微博里还有他的照片,下面留言里还有对他的称赞:'干净得让人心动的脸庞,纯净坚定的眼神。'他还有自我介绍:喜欢舞台,喜欢唱歌。这货上传的每张照片都是酷酷的表情。"

"天啊。我算是在这个夜里老了。"

"可一遇见事,我就感觉自己又小了。"

幸亏我睡着了,没在午夜看到这些对话。

和李校长一直谈论案件的家伙,在我手机里显示的名字是微之。

微之也不是他的真名,只是我在通信录里给他备注的名字。他在微信里给自己起的名字只有两个字母"wh"。我不知道w之后缀的那个h的含义。对他而言,也许只是无意为之,或者,是一个不可言及但总是被他自己回溯到的某个时间或那段时间里发生过的事情。

微之是我工作后常见面的一位学长,我们硕士时是同门。我们同在一个系统、一个学校出来的四个校友,建了个四人微信群。五年前,哲信兄猝然病逝,四人群只剩了三人。

二

昨天，我遇见一位旧友。自有微信，人们见面的礼仪之一就是先扫微信二维码加好友，然后互报电话号码。

我在通信录里输入号码时，对方说："你的号码我有啊。"

我也微笑："你的我也有啊。"

然后我叹气，我说："好多号码手机里是有的，但一辈子也没打过。"

我和微之那么熟悉，平时却也很少打电话。

一些书里说的，不常见面但可以替一个人去死的朋友，也相信对方是可以替自己死的朋友——这样的朋友，我确定我至今没有。

可以随时说话、没有顾忌的朋友，如果我有，也不是现在，可能是在很久以后：死亡终于消弭了我对一切的怀疑与不信任。

我私下把一个人命名为"微之"，并不是自认是另一个"白居易"。

近年来，我很少读书。平时无事，我最爱翻的就是我的通信录，看那些留了就一次没打过的号码，估计一辈子也没理由打，但又总是不删——人还好好地活着，删掉号码不是很可惜吗？偶尔无事，我会给熟悉的人修改微信备注名。微之之前还被我称作"管富强"，有一阵则被叫作"要发财"，他则称我为"旺柴"。作为成年人，我们——此处有"们"，也是需要自己制作一点隐蔽的、不降低自己智商的游戏的。

三

常常一天过到晚上，临睡了，忽然想说几句话，这些话我基本会放在微之这个名字下的微信对话框里。有时彼此都有空，就会说一会儿话。如果没回话，就知道对方必然是没空。

我把想说的话放在那个对话框下，我知道它会被重视，不会落空。

不庄严的问题、沉重的问题，我们都一起聊过。兴高采烈时，是少年的语气；沉重时，我们又返回中年人的郑重和对一切人事的礼貌。

有好几天，我们的对话框里只有我一个人在说，这是从来没有过的。从对那个杀男友的新闻事件进行谈论之后，他都没有再在群里说过话，也不见有对我的回复。

有微信的这几年，我们常在微信里对话。昨晚，是三九的最后一天，以这个节气的名义，我给他发了一条问候的短信："三九过去了，又一个冬天要被过完了。"

他是一个从不发朋友圈的人。他说过，和很多人保持的还是电话和邮件的距离，简单，直接，去除寒暄——所有没用的话都是对彼此生命的浪费。

四

晚上，微信里出现一个链接，我点开：

"某大学校长李某毅，于本月第一周失联，昨晚被证实已自杀，具体死亡时间尚待官方发布。据目前消息，其子因用某互联网信贷投资产品而欠下巨额债务。日前,他变卖了自己和其子所有的三套房产用以抵还债务。但其子所在单位仍对其子进行了劝退处理,言及社会影响不好。其子于转出第三套房后,在阳台上徘徊了二十几分钟,纵身从所在的三十楼跳下。

"彼时,校长的妻子正在客厅帮儿子收纳、打包物品,准备帮儿子搬家到新租的房子里。这个年轻人的妻子刚离开家门,正在上班的地铁上。他们不足两岁的孩子,这几天被放在了外祖母那。"

李某毅校长,就是那个微信群的群主。

他之所以是群主,是因为我们论过年龄,他最年长。

那天夜里和微之聊极端案件的,就是他。

这个群建了几年了,作为我们的空间聚会点,自可以视频后,我们常各设分会场喝酒,然后端起酒杯——虽隔了一个网络,也能把酒杯碰上。

他和微之少时就认识,读过同一所小学。他长微之两岁,他们先后从同一个县城里出来。

我看了下前后时间,觉得微之的失联一定和李校长的事有关系。

上一次一起喝酒时,我给微之看我在微信上给他备注的名字——他博士论文写了元稹。他和我们聊他考证出的元稹的死因。他说着话,杯子一直举在半空,像刻意逃酒:"人生有很多不堪,最后这一程的尊严,要由放心的人来料理。"

五

一月的一场雪后,微之约了我和另一个校友,一起去给李校长上了一次坟。

还没到告老之年,我却已经开始给一个又一个故人送行了。李校长,他不是我送别对象中的第一个。

这些年,朋友、同学、家人中,颇有人被病痛、意外带离。

死亡总会给活着的人带来巨大的冲击,加重活人的精神负担,但也仅限于熟人、亲人之间——于生人,再惨烈和悲伤的死亡都只觉得是人间的自然。

那天夜里,李校长与微之言及的事件中也有人以去世结局。这两个中年男人,被迎头撞到的不堪所打击,夜里两点还为之喋喋不休,但谈过了,大约也就忘了。即或他们自己某日回看聊天记录,那些话,总也有不似亲口说出的感觉。

微之捏起了坟头的一点土,说:"狗东西,以后我们再想打个牌,喝个小酒,都凑不齐一桌了。"

微之叹息:"你这人心里也真能放事,这些破事,和我都不说。亏你上次和我掼蛋还能打赢,你心不挺大嘛。你连活成一个老人的耐心都没了。你这狗东西。"

"没人敲打他,他变得没边了。"我附和微之。

我们这么说着,像是对着一个活人似的。

我是女人,可好像也被生活约束得皮实了。我很早就无师自通似的,不在人前显露自己的情绪。

手摸到李校长在大理石上的照片时,我手停在他的头发位置——我心里想的是,我从没想过有一天会摸他的头发啊,我居然这样抚摸了他。

他这一死,让人把性别、长幼的禁忌都取消了。

我斜眼看微之,他正仰起头,微闭了眼睛,似在呼吸、感受这墓园里的空气。我也跟着仰起脸,想让风大一点面积地吹一下我的眼睛。

微之说:"他一定不知道,他的尸检是玻璃亲自上的。玻璃说,他怕别人太粗鲁了。我也被允许在场——你说这个场合,总不能让他爸妈、妻子到吧。"

六

微之辞职的事,是他在微信里对我说的。

他没和我说是如何写辞呈的。

他没说,我也就没问。虽然这个消息让我震惊和意外,但我只回了一句:"我能理解。"

七

隔天的一个会议,我恰好遇到微之单位里一个年轻的女孩。那女孩正向问她的另一个人说起微之,大意是他的女儿在国外申请了绿卡,而他的护照是交到单位的,他为了看女儿方便就辞职了。这只是来自外人的给微之以体面的友爱的说辞。我知道,微之的女儿已经在本省的另一个小城工作了。

我猜想微之一定是遇到他的一言难尽了,或者,他想让人生有一个另外的面貌。

微之不讲，我不深问。

可能有很多原因，也可能只是一时的思想促成了他没到天命之年就选择卸任。他还有整整十年的事业黄金期，他还能向前再走一步的。

"人生的福乐温饱之外，多余的东西加重的只是生命的体量，质量不是这些外在的东西能给的。"这是我们以前探讨过的。我想，他也可能只是重新认识到了这一点。

八

上一次出远差，回来时，我特意订了一张航程经过北冰洋上空的机票。飞过北冰洋上空时，我再次打开了飞行图。

穿上鞋子，穿上衣服，戴上帽子，一个个人走到街上，然后，被各种称号定义、集成，内在的情绪、思想，去除知识的部分——被各种毕业证书、职业位置确定的部分，已剩不下什么。在我能见到的大地上走着的，都是这样的人。

千万人同面，数亿人同质，彼此牵连、嵌陷，被无限的外物编织进去，没有一个人能超然法外、物外、事外。作为人，我们总是一出生即被命名并被雕塑，然后，成为诸多社会标签的堆砌之所。

活得体量越大，被贴标签的面积越大。

我在这一次飞行里，在远离地面的高空，用十几个小时又想了一遍我自己。

当然，这不是我第一次想，只是很多次中的一次。

我可以是热爱生命的，我也可以是放得下生命的。我一直是理解校长的。

我，是否有必要每天都张开所有毛孔去工作，去做人？这是之前我和微之讨论过的。

微之当时复言："你必须。"

九

大寒那天晚上，微之来了电话。

自从手机有了收发短信和微信的功能后，我们彼此几乎不打电话了。那天，他居然用打电话的方式联系我了。他说他和另一个人已经开了大半天车，这会儿开到我单位楼下了。

他说："知你一定在，出来喝几杯小酒。"

是晚在座者：微之，我，李校长的一个同学，微之早年的一个学生——后来成了李校长的同事。

微之甫一坐下，先点了几个菜，烧芸豆、烧豆腐、烧茄子及其他一些素菜。

好像大家都已是吃不动肉的年纪了。

往前面数五年，我们可是就着一小桶生啤，就能吃掉一只羊的啊。

我嚷嚷："加份肉。"

微之对李校长的同事说："忘了有年轻人在，那加两份肉，趁着你还有胃口能大块吃肉。"

微之回头看我，我一下明白了，他不是因为年纪大了不想吃肉——上次他说过，从李校长的解剖台上下来，他看见肉就想吐。

微之带来了两瓶酒。2003年,他去贵州开会,冒着被感染"非典"的风险拎回来了酒。这酒,我们曾约定等这一堆人里最小的一人也退休后一起喝。

今天,喝酒的人换了,而且酒也提前喝了。

李校长的同学和微之亦很熟悉。

酒没开喝,他就向我们说起李校长:

"1992年,我和他组织会议。那时香港还没回归,会议请了港台的人过来,得到一个四星级宾馆的住宿赞助,会一下开得有了规格和体面。那时,我们和外面有什么交流啊?我们这些写字的、站讲台的,哪住过这么好的宾馆啊?这个会一开,来的人都像有了'江湖地位'一样。1991年,咱们李校长是多么年轻啊,那时候,他就在外国的学术刊物上开始发稿子了,一篇稿子的稿费就有两百美元。你们想想,那时工资才多少?虽然那会儿,他上下班还是骑着一辆二八杠的旧自行车,但他是穿着风衣骑自行车的,头发剪成了板寸——那气度,就是玉树临风啊。"

杯盏都停了,我们低下头听这同学讲李校长。

"后来,他去国际上一流的大学当访问学者,哥大、哈佛,他都去了。

"再几年,他咔嚓一下就买了车,那是一辆本田啊。那会儿,有几个人开得起本田?有一天,我在学校门口看到他,他穿一身黑衣—— 一看就是我买不起的衣服,买得起我也不会舍得买,舍得买了平时也不会舍得穿的衣服。

"他从他的车上下来,我嘎嘣儿一下就傻了——这人物,看着就是前途无量的样子啊。我再读十年书,再拿五张博士学位证书，再有一些钱——能把我家浴缸都堆满的钱，把一样的衣服和车一模一样地配到我身上，我也达不到他那个气度。这哪是我该有的亲同学啊。"

他把空酒杯拿在手里转着。菜上来了，酒还没开。他继续说：

"我一直比较不自信，不相信自己能是李校长的同学，而且能被他称为朋友。说实话，现在我这个发言的主题，校长亲自听过。在校长那，我不是这么样的一个发言，我简直是表白啊。你们看我这话讲了一万多公里了，还没讲回来。

"我真是只想说——这几天，我特别想和人谈谈他。我被分配到这个城市工作时，是1988年。那时，国际航班我还没坐过，可他已坐过几次了。我当时硕士才毕业，只是某研究院里的采购员。我当时觉得自己已经很不错了。有一次，李校长看到我，建议我去读博。"

酒开了，他仍继续讲李校长。

"他博士怎么读的？你们知道的，他读博三年，一年写一本书。他这个狗人，他的存在，就像是给我提供动力资源似的，让我拿他当参照物去活着似的。

"实际上，我们知道的，他那些论文，还都只是他思想的外围——他的核心、他这个人，比他的那些论文可有意思、有资源多了。

"那时活动多，我们几周就能见上一次。然后会上的饭吃完，几个人又去会下喝大酒——喝到后半夜，喝得自行车都找不到了。回到家，我们趴马桶上吐，他还能干活，稿子照写不误，思如泉涌。

"这小子，他一生这本账都在我这收着呢，他也不来取。

"看来他也不打算要了，任我处置了。

"他刚进大学工作时，才三十岁左右。这前后的二三十年，我都是看在眼里的。他一阵风似的就从一岁长到三十岁了，又一阵风似的从三十岁长到五十几岁了——凭他这身体，这活着的底气，再活一倍的时间按说都不是事。"

他忽然哭起来，说不下去了。

"咱这还能说话的，有气的，眼珠能转、胳膊腿还能动的，不知道能不能为老友做点什么。"满上酒，喝下一杯，又满上，又喝了，第三杯端到一半，微之蹾了下酒杯。

微之很少用这样的语气说话。

他一向是笃定的，有了事就去做，等他做好了、做到了，我们才会知道这世间曾有一件事经他而成。没有影儿的事，从不会由他说出。

"这场酒和校长的死之间，实有瓜葛——

"没有他，都不想喝酒了。

"这小子，就是要给我们找几个喝酒的理由。

"一篇论文的结尾都有致谢栏呢——无论前面写得有没有曲折。现在，这狗人，说走就走了，致谢词他自己不写，我们在这抒什么情都无意义。"

李校长的同学仍在揪住任何人的一句话尾巴，一泻汪洋地讲他记忆中的旧事。有些旧事，我以前听过。

"我知道你们是他的好兄弟，知道他如何。可是，我就是讲一遍心里才舒服，我的课年年讲一样的，讲了二十年我也不觉得旧。这狗东西的事，我才讲第几遍啊？他要不死，我还想不起来讲呢。"

校长的同事说："他要是知道他死了我们还在没心没肺地一起喝酒，还不一定就走这一步呢。"

"他这个人，才不会考虑我们怎么想呢，他想走的那一步，即使是深渊他也是要迈的，我们叫不回他。"

我们一边说着埋怨、憎恨的话，一边一起整理出几条急迫要做的事：一是校长的房子卖了，儿子也没了，但还有一个一岁多的小孙女，眼前最迫切的事是上幼儿园，过了夏天，这孩子就到入园的年龄了。二是，房子没了，能读哪个小学？

同学和同事的意思是，大家再伸伸手，帮那孩子集资一套房子的首付，不能家没了，人没了，其他亲属还住在租的房子里。

微之说："交给我办。"

十

李校长活着时书生意气，最爱一张面子，所以集资之事，微之只是小范围说，悄悄活动，但一个月下来，所积无多。

李校长的妻子在失去孩子、先生后，精神一直处于恍惚中。前一段时间，是族中一个堂姐妹陪着她。开春后，堂姐妹家中有事，回去了。她无处可去，校长生前的单位出面协调，安排她住进了某医院的长年病房。

四月时，微之用语音留言给我，说拟回单位复职了，手续已办得差不多。虽然复职比辞职时难了很多，他还是克服了重重困难,回去了。

于此事,他在给我微信的界面下只写了一条四个字的信息:"人到老境。"

隔了一个下午,他又回:"虽然这一程事让我很狼狈,但都是我的慎重决定,也只有如此反复了。我不觉得其间有委屈,有牺牲,有不堪,有无奈。若不回去,我一件小事都做不成。"

十一

五月的同业年会结束,主办方设了三四桌的酒宴。我在席上,忽然听到邻座和另一个人提到微之。

他们的声音虽小,我还是听到了。他们提到了他前面一次短暂的外出。我听到他们压低声音说微之:"他和妻子素来不睦,可能带上别的女人一起出去,被妻子知道了。"说的人露出意在言外的表情没说下去。另一个接话的人说:"听闻他太太为此告到纪委,他被带去谈话了。"他们用更低的声音评述微之:"谈话回来,他人就更沉郁了。"一个人忽然记起某一年和他一起参加的一个会议,他低了声音说:"那次,我是看到一个女人来找他的,一起陪他在会上待了两天。""你不知道,那女人就是他十几年前分开的前妻。这前辈,真有故事。"另一个人更小声地附和。

"李校长走那最后一步,可能也是有其他原因的,不一定就是因为儿子的自杀和资金困难。"我旁边一桌的两个人在谈论李校长。

我端起酒杯,眼睛看向主宾桌,微之坐在那。他也看到了我,向我举了举杯子。

隔了一张桌子,我们遥碰了一下。

二十多年前,我和微之在另一个城市恋爱、领证,没等举行婚礼就离婚了。后来,我们鬼使神差同到一个城市工作,在一个微信群里。

熟人社会

一

他提前三个半小时到了东航窗口，值机还没开始，队伍已经排起来了。这个航班据说一向客满，北京时间正午十二点起飞，到马德里是当地晚上八点半，这个起抵时间倒时差相对容易。

旁边有一群穿戴新派的小男生，戴了耳环，染了发，被红红绿绿的奇异衣服裹着。小女孩多露一点皮肤，在公共场合穿吊带于这些年已经是寻常装扮——时尚推动和撑起了这个社会更大的人性自由与宽容。可是，看到这些使男孩子失去性别特征的衣服样式，看到这类衣着的小孩，朱牧严在心理上，多少是有排斥的，中间横亘了天然的距离。人对服饰的异见，既是对文明潮流、时尚认知不同，也是对某种观念、家庭教育、社会文化环境的折射。

因为他提前预订的前排座位没有在电脑里查到，出票的工作人员有些抱歉。朱牧严说没有关系，但同行的秘书不高兴，说，那要投诉。朱牧严轻轻回头摆手，微笑，向值机员说："那没有关系，哪个位置都好，你们已经费心了。"

办好行李托运，值机员递过登机牌。他微笑着说"谢谢你"，侧到队伍一边，低头看，发现座位是32A，比预定的37C还要靠前面一些。

他返回柜台再次道谢。

刚才那一刹那，朱牧严想起了禾子。她遇到事情，也总是不会先想到自己的心情，而是担心自己给别人添麻烦。

二

一直没有再见，也无任何联系，忙来忙去，一抬头发现，居然离自己年轻时，已过去二十多年了。

三年前，一个同学用微信建群，另一个不熟悉的人把禾子加到群中。朱牧严和禾子在群中认出彼此后，似有惊讶，但也平静。犹豫很久，在一年春节时，以问候春节之名，朱牧严向禾子发了加为好友的信息。几天之后，禾子通过了朱牧严的申请。他们开始用微信私下联系。

微信，微与信，多么有意思啊，邮差的人工和邮票都省了。

二十多年前，朱牧严和禾子不联系后，禾子很快离开了原来那个街道上的小单位，去了苏州。一时没找到合适的事情，禾子在一个浙江青田人开的餐厅学做韩餐。

后来，这个青田人在苏州的餐厅不开了，联系上在西班牙的同乡，想转去西班牙开餐厅，考虑到语言和人工成本，决定从国内带一个服务生过去。彼时的禾子一心遁世，想离朱家远些，更远些，远得让自己消失，便应聘了这个服务生的岗位。

在异国三年之后，禾子和餐厅中的一个青年厨师结了婚。这个青年是店里青田人的近亲，从小在济南长大，二十岁来到西班牙，比禾子小四岁。这段婚姻的初心与其说是爱情，不如说是在异乡孤旅中找一个共同生活的伙伴。

决定结婚，他们只用了不到一个月时间和两次约会。

这一点，禾子没和朱牧严说过。

那时一起在餐馆工作的人给禾子介绍了另一个早年来西班牙的人，对方有过一次婚史，大禾子十三岁。因为禾子当时三十一岁了，回国也是大姑娘，一起的人就跟禾子说，不如就留在西班牙好了。那人问禾子要求，禾子也认真，说对方年龄最好大几岁，能让着自己，能一起安分地过日子，其他的并不考虑。

禾子特意强调说，是"让自己"，不是"疼自己"。

两人见了一面，并无多话。

下一次见面前，禾子为这个约定时间，下班晚走了一点，遇到年轻的厨师当班，禾子和他说了这件事。他虽然和禾子一起工作三年了，但平日没有交集和联系。

那时的禾子整日想把自己严严实实地包起，只留一张嘴巴露出来吃饭和呼吸就可以了。

因为都是中国来的，年轻的厨师也没把她当外人，立即反对，说："他年纪太大了，又结过婚。"他看了看禾子，又说："那你还不如和我结婚。"

禾子生气他的唐突。

年轻的厨师也知道在国内，禾子这样一个又好看、又端正、又受过良好教育的姑娘选对象怎么也选不到自己。

可是，因为这样一个约会对象，他觉得禾子不再高不可攀了。她用一个约会对象把自己降到他在的凡尘了。

他说:"我起码比他多十七年的青春;你和我结婚,这十七年都是你的。你为什么要去陪一个即将变老的人?除非你很快回国内找其他对象,不然,我很合适。不过,回国后你年龄也更大了。"

禾子说:"大了他会让着我。"

他说:"大姐。"

他认识禾子后,就管禾子叫大姐。

"大姐,你真幼稚,你以为大就让着人吗?这个品格是天性,不是谁年龄大谁就有的多,也不是谁学问好就表现得也好。你不如和我结婚。我从小就知道'让'人和'体谅'人。他虽然四十多岁了,但说不定他现在还不知'让'这件事是什么。"

禾子说:"我又不是和谁都能结婚。"

年轻的厨师说:"那为什么和一个比你大十三岁的人见面?你还是想结婚的。"

他说:"和我结婚,你的风险要小一点。我比你小,你不吃亏。我不怕你比我大,我干活比他有力气。还有,我们综合年龄小,对家庭发展有好处。而且在这,你不觉得找个熟人要比跟生人多一些安全感?"

禾子想了一夜,觉得年轻厨师说得也对,找熟悉的人结婚总比单身生活或找陌生人结婚的风险小,既然要活着。

因为想好了,没过几天,禾子和他结婚了。

他们结婚后,搬去了昆卡,慢慢地,又生了一对儿女,一家人取得了绿卡。

禾子数次在微信中向朱牧严描述她现在所居住的城市——距离马德里一小时高铁车程的昆卡。

他们在那开了一个很小的中餐馆。

现在，餐馆是禾子和一个帮工打理，而她先生在昆卡和青田两边跑，做些服装贸易。昆卡是一个只有五万人口的小镇，人都很友善，只有她一家中国人。

她也向朱牧严说她住的房子：他们住在一楼，房子总共六层楼高——昆卡最高的房子也就六层，没有电梯，但房子很大，有一个小会客厅，有厨房、洗衣房和三个小房间，孩子们有自己的卧室，房子很简朴，但能满足生活需要。

住处四周有几个超市，买食品和净菜都很方便。整个小镇种了很多椴树，花开起来时，整个小镇都是香的。镇上还有一个教堂，一条很长的河——昆卡河。

这个小镇一整天都是静的，像极了苏州没开发前的乡下，离马德里只有14欧元车费、一小时的距离。

马德里是热烈的，也是热闹的，还有韩餐、四川菜和西安菜可以吃。而昆卡只有西餐。不过，昆卡的比萨特别好吃。

"现在，我自己也做比萨呢，因为这里的土质好，长的小麦好，面粉颇佳。"她对他说。

"如果可以安排，到昆卡去看看如何？"禾子知道他这个月会来马德里后，断断续续地在微信里向他介绍她住的昆卡。

三

这一次出国公务安排的内容不多：第一天是一个商贸洽谈会；第二天朱牧严受邀主持一个中华文化展开幕式；第三天上午他要拜会两位侨商，下午邀请部分侨商座谈，欢迎他们回家乡投资兴业；第四天他要参加马德里大学华人学生会的一个海外学子座谈会；其余还有两天半，内容围绕和各位侨商举行联谊展开，但他可以自行安排和控制行程。

看到这份安排，朱牧严的心一下定了。一直以来，他为数不多的几次出国经历都无比繁杂：人员的确定、审核、上报，对行程的各种商量和报备，各种修改和不被批复，各种纪律要求，出行前的外事教育……但这一周的安排，如同天意。

之前朱牧严一直对出国兴趣不大，一半是因为多年的腰肌劳损使他怕长途飞行，一半也是因为人到中年，越发喜欢安静生活。

多出一次国或少出一次国，多读一本书或少读一本书，多认识一个朋友或少认识一个朋友，多升一级或少升一级，他都觉得差别不大了。多一件外物还是少一件外物，他的心里也都没有波澜了。

但因为有了禾子的音信，承担这一次任务，他是开心的，甚至下意识地主动请缨。

因为手续繁复，最终的出行日期一直没有确定。各种批件办得差不多了，他才对禾子说："这个六月，我有可能来马德里。"他在微信里斟酌着字句。公务在身，他们见不见得到，他不确定,但一想到马德里是禾子待过的地方,人生将至暮年,他产生了要见一次的想法。

他请办公室的同事陪他选了一件女式云锦围巾,淡金色,底部有一对小盘扣。

他还记得,禾子喜欢围巾,一年中有三季,她都将一条围巾围在肩上。

四

第一天到上海,从上海再转机飞到马德里,然后开始进行预定中的公务行程。

第二天晚上,朱牧严一行被盛邀观看弗拉门戈表演。这一天的晚餐,朱牧严一行去了一家陕西餐馆,虽然不是正式宴,可前后左右被人陪着,他也总不能一到了就离队。

第三天晚上,因为正遇上一场球赛,接待方安排看球赛,意大利罗马队对战西班牙皇马队。他以纪律不准为由,谢绝了对方的盛情邀请,独自回到宾馆。

此时是当地时间晚上八点多,太阳还没落,还是白天的样子。这里真正意义上的夜晚,会在一两小时后来临。为了照顾他们一行的习惯,晚餐是提前进行的,当地人的晚餐一般要到九点才开始。而早上,太阳在七点左右才升起。白天天气很热,但当地大多数人都不用空调,马德里的夜还是很清凉的。

朱牧严所住的宾馆就在太阳宫附近,下来不远就是太阳门广场。晚上广场上四处是人,拎了一罐酒聊天的,卖各种小包包和运动衣裤、鞋的黑人兄弟,也有一些卖艺。四处是挂满了火腿的小店铺和小酒馆。他打开窗帘，就能看到这个欢腾的广场。

接待方很体贴，帮朱牧严一行安排了一个附近有一家中国超市的宾馆。

第一天来时，他们就进到那家超市转过。里面也没有什么特殊物品，和其他几个当地人开的超市区别不大，只是更小些，只是店主人会说中文，仅此而已。

里面陈列的大多是日用品，品种单一，比如纸巾，没有那么多牌子，偌大一家超市，只有一种纸。朱牧严想买一块香皂，去了几家超市，才买到一块肥皂。但超市里的食物品类丰富，各种面包都很新鲜，冷冻食品也特别多，还有大米。

"我在这附近看到了一个学校、一个幼儿园，还有一家中餐馆。几天下来，除了接待我的，我还没有遇见其他中国人，所以这几天都不用说特别多话——没有说话机会和对象，一是要完成公务，二是出去了但没买东西，我看不懂西班牙文，路牌也看不懂。我没有自己出去过，我不会讲西语，所以也无法问路。每天接待方都买了很多水果送过来，樱桃、桃子都有，很新鲜，很好吃。"

回到宾馆，朱牧严给禾子发微信。这些写完，犹豫着，牧严又写："近乡情怯，近你，我也情怯。"

这几夜，从上了飞机，他就开始失眠。他闭上眼睛，隔一会儿看一下打开的飞行图。地球在飞行图上，只是一个被红、褐红、绿、蓝的色块拼成的图形。在天空中看大地，看到的只有苍茫，除了海水、陆地、森林之外，什么也没有，再高大的楼群、城市都淹没进那苍茫之中。

"要知道世界是这样苍茫,我会重新选择很多东西。

"二十年前,我真该这么飞行一次。

"那时我没有能完成这样一次飞行的机票钱,凡事总以谋生为重点和圆心。

"在高空中,我也看不清国界。国家、民族,一切没有了界线,具体到人,更是将世间一切赋予到人身上的有形、无形的种种剔除了——而事实上,能将那无数时间、世俗、隔阂施加于人的剔除掉的,只有死亡。

"人太小了,在高空中,看不到任何一个单个的人。

"我们站在大地上看一粒尘埃、看一只小小的蚂蚁时,感觉它们多么小啊。从高空中看,我们比那些还小。

"就是睡不着。

"每一次飞行,到了高空,那种想将微弱的自我藏进这茫茫中不再回来的感觉就出现了。"

听说朱牧严有两天半可以自由安排,禾子看起来也很高兴。她说,她已经安排好了小餐馆的事务,安排好了两个小家伙上学。然后说,他们可以第一天一起转转马德里,第二天来昆卡看看,如果有兴致,还有小半天时间可以到时再计划。

前天晚上,看弗拉门戈表演时——那么神秘、华丽、高贵、自由,每个人心底的"热"——如果还有一点热的话,都像被点燃了一样。朱牧严的心也沸腾了。

同行的人自费点了最好的火腿、啤酒和他共饮。而朱牧严满脑子里想的,都是禾子——禾子。

他和禾子在跳舞——在鼠尾草、迷迭香和百里香开起来的

《斯卡布罗集市》的音乐背景里,那是他们一起跳过的唯一一支舞:

> 请代我向那的一位姑娘问好,
> 叫她替我找一块地,
> 让滴下的泪珠冲刷坟茔,
> 在蓝天和大海之间,
> 请代我向她问候。

五

普拉多博物馆门前。

二十多年——具体到重见,在微信里,叙旧已经叙了三年——所有的旧,好像三年也没能叙尽。

他们认出了彼此。朱牧严更是一眼看到了人群中的禾子:一是因为他们之前通过两次视频电话,二是因为禾子确实没有一点变化,连头发也是从前的样子——齐肩,背仍挺直,她还没有老去,笑容里有少女的天真感。

禾子说:"也没问你意见,但我想你会喜欢来普拉多。我每一次来马德里,都会到这来一次,所以选了在这里见面。"

"以前我们看《西厢记》,你最爱观画那一段。"

"这有我喜欢的两幅画:美惠三女神和宫娥。"

"我来时正做了这幅画的功课。"朱牧严以为会有个艰难的开场,但真见面了,也只看似平常的一见。那些见之前的翻江倒海，都是多余。"优雅中的美丽、青春和幸福。"

"那是别人的理解。这些都不能支撑一个女人成为女神。"

禾子自然地把包放到朱牧严手里。"有一年，一个马德里的朋友和我说，画师解释的这些并不够。三美是暗喻奉献、回报和接受，这三个词用女人的肉体展示，是说只有这三个词同时降临到一个女人身上，这个女人才是女神。"

"你还没有变。"

"每一天在餐馆里忙，我真的没有时间变。"

"如果这个餐馆能回到中国，开在某个小镇，更好。"

"在哪，生活的程序都一样。"

"不会回去了吗？"

"不会。"禾子说话还是慢慢的，"第一年来马德里，我就去看了一场斗牛表演。"

"你微信里没说过这件事啊。"

"哦。"

"第一年是哪一年了？"

"六头雄壮的、气血丰沛的牛奔腾着跑进来，然后一头头躺下，被抬出去；斗牛中胜利的英雄被人抬在肩上，万众欢腾。从那一时刻，我开始心疼造物主。"

"心疼牛？"

"斗牛者失手和被牛伤到我也心疼。现在我知道了，我心疼和惧怕的，只是无谓的、不可预期的、人为去制造的死亡。晚上我们也一起去看斗牛比赛吧，现在还在斗牛季。"

"禾子，"朱牧严说，"还是一起找个地方，慢慢喝点什么吧。"

朱牧严握过禾子的手。

"这里是博物馆啊。今天人可是很多的。"

"人再多,我也不认识,也没人拍照。"

他们并肩走上台阶。

禾子说:

"知道我为什么选择昆卡而不是马德里吗?

"我不是一开始就出自真心地爱上了昆卡的幽静,我是后来才慢慢爱上那些幽静的。

"马德里的物价太高,刚来时我根本担负不起。1997年底,一个青田的乡亲说昆卡有一间要转让的小咖啡店,可以卖咖啡也可以住人,转让金是人民币七万块——那时我连七千块都没有,回家的机票都舍不得买。但我必须拼一下,一是可以有自己的店,可以把它做成我理想的店的样子;二是可以自己支配时间。

"这里假期和节日多,一到假期可以关门休息,这里是可以有生活的地方—— 一周工作七天的节奏,我太不喜欢了,但要生活,就得那样。有了自己的店,我也可以实现一周不用工作七天的梦想了。

"我也累,也有各种不顺。

"每次坚持不下去时,我就想,我只是普通的女孩,我要的只是普通的一段人生,我出来这么远,我只要温饱、一周可以只工作五天,不要看到那么多强加给我的白眼、要求,不要让我负累就好。"

禾子继续说:

"今晚我订了你附近位置的酒店,不知道好不好,一百二十欧(元)。在昆卡,倒可以住得很好呢。所以,我现在对大城市和小城市的理解也变了。以前我那么喜欢北京、上海那样的大城市,觉得一旦留不下来,人生都暗了,十级暗。

"但昆卡改变了我。昆卡的交通看着好像不那么便利,公共汽车班次少,也很慢,但街上看不到急忙赶路的人。有时等公交车,一等一个小时,大家就那么坐着、站着等车,实在觉得不想等了,也没有那么多计程车,就步行。没有人神色匆匆。整个小镇四处是广场、公园,卫生很好,绿化覆盖率那么大却没有蚊虫,店铺没有那么多:这曾经是我想要的生活,我以为只有老了才可以拥有。

"现在我的一个店员会帮我一起做点中国菜,土豆青椒丝、西红柿蛋汤、红烧肉骨头、麻辣豆腐、茄子煲、肉丸子,这些就是我们的中国菜菜单了。她才把四个月的宝宝送回国内,她可能不会选择在西班牙长居,因为她的心也比较静,会觉得哪里都好;她也不喜欢思考很多,这让她没有那么大压力,住得好坏也不计较,不会天天去看那些对成功的宣扬,让自己觉得不优秀。

"遁世和逃离。

"只是想真正地屏蔽浮泛,只是生活,沉下去,体会每一天。"

六

进了博物馆正门,禾子停下来,手从牧严的前臂里抽出来。

禾子走向接待前台,取下两份中文导览图,她对牧严说:

"咱们先选下参观路线。"

两个人坐到边上,禾子取了一支笔,让朱牧严圈下他想看的画和馆,以便她提早计划行走路线。

禾子认真地说:"你只有一天啊,一天是看不完这个博物馆的。我店里一个常来喝咖啡的人说,这个普拉多,他看了一个半月,天天开馆来、闭馆走,才把里面的画一张一张看完了。"

"我只能算来过了。"朱牧严提起笔,在鲁本斯的《博士来拜》、博斯的《人间乐园》、拉斐尔的《红衣主教》、格列柯的《手放在胸口的骑士》、委拉斯凯兹的《宫娥》和《纺织女》、索罗拉的《沙滩上的孩子》上画了圈,又回头圈上了《美惠三女神》。他记得禾子才说过,她喜欢这一幅。

禾子惊讶道:"我喜欢的几乎都被你选出来了呢。"

牧严说:"看来我们直觉中相通的那部分还没有被磨钝。"

博物馆里人不算很多,算安静。他们碰到两拨参观的中学生,被老师带着,每看到一幅画,他们就席地坐下,老师在那小声地讲解。

还有一队被几个老师领着的上幼儿园的小孩,一个个粉嘟嘟、胖嘟嘟的,手牵手看展品。

"从小就看这么好的展品,起点真高啊。"朱牧严不禁悄悄叹息。

"文艺复兴本身就是一次对自由的思考和表达,将尘世种种关于自由的概念,用文艺放纵地表达了一次。

"也并不是每个小孩从小就这样啊。这里穷人很多,治安也有问题,马德里有很多小偷,黑人区的治安也一直不稳定,还有吸食毒品的人。之前在马德里的时候，晚上，我都不会一个人上街。《小鞋子》里那样的人家，四处都是。"

"我们也都是在那样的人家长大的啊。"也许怕声音大了影响他人，牧严向禾子耳边去低语，手重重地碰到了禾子的手。

"你都碰到我头发了。"禾子偏过头，红了脸。

朱牧严的脸也红了，往旁边移了一点距离。朱牧严这二十年，早把自己变成了一个在每个场合、每个人面前都能说出合适的冠冕堂皇的话的男人，没有一句话、一个表情不用心。

七

从普拉多出来，禾子接到一个电话，是才读小学的女儿午睡醒了打来的。她今天没上学，和一个小阿姨在家，她向禾子说她做了一个梦，梦到一个庄园里有一起凶杀案，她看到了犯罪的人正藏在一棵树上，很多人在找这个人，她变成一只魔法小鸟正要去帮助警察时，醒了。她继续蒙上被子睡，想把前面的梦接起来，但蒙了半天都没有睡着。她问禾子，怎么才能把梦接起来，她要变成小鸟帮警察破案，抓到坏人。

十五岁的儿子也发来信息：他想请禾子买一件皇马球衣，并在店里帮他印上 11 号的数字，然后再带一条欢呼时举的毛巾。

朱牧严也笑了，说："可惜我没有女儿，我那个儿子，除了倔强以外，都不像我。我起码还算个学霸呢，他根本是看到书就头疼。"

"都这样。毕竟是孩子呀。"

"感觉你新嫁的人待你挺好。"

"怎么是新嫁？我可是初婚、初嫁。"

"我知道你是二嫁。"朱牧严在禾子的太阳伞下对禾子狡黠地眨了下眼睛。

"我总算明白得早。"禾子收了太阳伞。打太阳伞是禾子以前的习惯，她总是到哪都随身带伞。但在马德里街上，再热的时候，打太阳伞的人都不多，因为打伞可能会影响别人走路。

"评判所谓嫁得好、嫁得不好，不取决于那个人职位高不高，有没有钱，有没有学问。"

"比如我。"朱牧严微笑。

禾子笑了："而是那个人是否跟你保持了一样的价值观，而且互不嫌弃。他不嫌弃我只会磨咖啡豆，给人做咖啡，靠卖咖啡养家；我不嫌弃他只是一个做寿司的厨师出身。"

真是太热了，六月底的太阳明晃晃地在头顶上照着。禾子拐向路边一个小超市，买了两份冰淇淋出来。

朱牧严吮了一口，说："你信吗，我真有二十多年没有吃冰淇淋了。这很像我们以前在南京时吃的那种冰淇淋的味道呢。"

"有点酸，也不是那么甜，但很冰。"

"点赞。"牧严微笑，"我以为这种冰淇淋早没了呢。"

"青春没有了，如果连年轻时吃过的东西也没有了，那人生该多残忍。"

"这些年我都怎么过的？居然从没想起来去吃一份冰淇淋。我一点不排斥它。"

因为时间不晚，禾子说："我们坐地铁回太阳门那边吧。这里的地铁看起来都旧得很，不过，出了地铁不远，可以顺路看到'零起点'标志，西班牙全国所有的路都要从那个点开始计算里

159

程，那是每次过来，我都去站一会儿的地方。而且，那附近还有一条街，几乎全是福建青田人，那里的市场就是三毛文章里说到的那个旧市。"

八

禾子和朱牧严当年没有结婚，想起来，不怪朱牧严，是禾子自己自卑，一心一意地逃掉了。

多年以后，看多了一些事，禾子觉得一点不遗憾。

那样的选择再来一次，如果还是那样的环境，他们仍不会走到一起。

学社会学的朱牧严大学毕业后就进了机关，顺利地进入了体制内，只要认真上工，不逃不离，以后的每一步是都清楚的了。

而禾子，只进了一个小小的企业。朱牧严的家人希望禾子也到一个"机关"，"收入相对稳定，说起来也好听些"，这是他妈妈的原话。

禾子面上也表示同意他妈妈的提议，可等了一年多，都没遇到合适的调动机会，参加了两次公务员考试也并没考取。考试无常是其一，本质原因却是禾子的心对在哪就职态度平淡。禾子不怕考试，但也并不执着。而她自己的父母也接受了这个意见，以为这样禾子会有去考试的动力。

禾子怀孕的事是她妈妈发现的，然后去找了朱牧严的妈妈商量。朱妈妈却踌躇着，说："他们年轻，以后会再有的。还是先等禾子把公务员考上。"

这件事，朱妈妈没有和儿子说，禾子自己也没有说。当时两位妈妈这样约定，禾子也觉得比较好。两人都有前程要奔，还是少出一些事好。

所以，直到今天在普拉多重逢，朱牧严也不知道禾子曾经怀孕的事。

有些事，总是忘记更好。

因为知道朱牧严不知道这件事，禾子才能无所顾忌地在三年前和他恢复了联系，并且有了这次见面。

因为毕竟不会常见——这一点，去除了很多负担和顾虑。作为公职人员的朱牧严，至少退休前，都不太会有机会再来马德里，就算再出国，也多半不会同样的国家来两次，除非他离职。有了联系的这三年，禾子也曾几次回南京，但她和以往一样，谁也没告诉，谁也没见。

九

朱牧严早上出来，手机就设成了静音。出国前，他开通了国际漫游业务，他毕竟掌管着一个单位的大小事情，能出来已是奢侈，有些事还是要管的。出行前，单位也要求他手机二十四小时开机。可早上，因为要见禾子，他想有安静的一天，手机虽没关机，但关了声音。人到中年经历了无数事的朱牧严，早几年就已知道这世界离了谁都转。脱离了那个厅级单位，脱离了单位海量的繁杂的日常事务，自己什么也不是。

手机放在胸口的口袋，他几次感到了振动，可是看到禾子正开心地讲着话，他不想碰触手机。

禾子比二十年前灿烂多了，也更明媚了。他喜欢禾子这个样子,这是他想念中的禾子的样子。

这些年,他经常想到禾子。很奇异,他总是在想起她的一刹那,心变得很平静。

禾子从他口袋里摸出手机,说:"你的手机在响。"

十

"生活无法圆满的时候,只有让自己承受。"

"我们漏看了一幅画呢。"

"博斯的《七宗罪》,我每次来都看一遍。"

"我这有一幅小的,可以贴在天天开的冰箱门上的,明天寄给你,还有一幅小的纸版,可以带在身边,也寄给你。但也许,你不会喜欢。"

"以前,我总以为损害个人灵性的,是社会上的各种不合情理的制度,但现在我承认,就是人们逐渐变得以自我为中心,是傲慢,是嫉妒,是暴怒,是懒惰,是贪婪,是情欲,是暴食,带累了我们自己。是这七样事情。"

"这七宗罪都基于对爱的内在秩序的违背,很多年前就被人发现了,却被我们无视。"

"也许不止这七件,怎么会只是七件呢?还有一件,每个人都知道但没说,或者人人各异但都有的,算它是第八宗罪吧。"

"这幅画之所以要用圆形画在一张大板上,呈现桌面的样子,是想天天对人发出提醒吧——因为人是天天要吃饭的。"

"小心,小心,上帝看得到——这应是画里每一秒都会飘出的声音吧,这和我们小时候家里大人说的'人在做,天在看'是一个意思。"

"我知道你不信仰任何宗教。我这二十年过来了，也仍不是某种宗教的信徒，但那种来自宗教或某种教育里的道德训诫，我想一个肯好好生活的人总会用自己的时间和经历实现完成。"

"我很久前就想和你分享弗雷·何塞·德·锡古恩萨对博斯的评论了，那是我上一次自己去时抄在笔记本上的：'此人的画作与其他人的不同在于，其他人尽力按照人的外在样貌来描绘人，而他却敢于描绘人的内心。'"

"我喜欢《七宗罪》里的耶稣形象：刚从石棺中复活，头上闪耀着圣光形成的十字形，在发出金光的太阳的金环下，他睁着明亮的眼睛，这是仿佛时刻注视着所有人行为的上苍之眼。"

"昨天，我们家小公主的哥哥喜欢的球星梅西结婚了，他和小伙伴庆祝了一夜，因为那个结婚对象是梅西幼儿园时的同学，他们五岁就相识了。他爸爸和他说：'你要是喜欢一个女孩，长大了还喜欢，无论你长大了成为怎样的人，你都不要放弃她，一起长大而不分开的人，更容易变成更好的人。'"

十一

朱牧严改签了当天23：30的航班返回上海，因为他岳父打来的一通电话。

临行前他岳父又进了一次重症室。但是他和妻子、妻弟商量后，还是出了这趟差：一是岳父不至于真走在这几天，二是如果岳父真在这几天去了，他不回来也无妨，毕竟岳父是在病床上缠绵了快十年的危症病人。电话里，已经出院的岳父说，他的妻子从大前天出去后就失去了联系，刚才有准确消息说，她出了事情——她和她一位早年的同学出境时被海关双双拦下。岳父请朱牧严尽早回来商量。

朱牧严叹息着放下手机。他是转过身小声接的，禾子也刻意地、礼貌地避开了他。她转身去看地铁口一个给人画肖像的青年。

牧严放下电话，静了好一会儿，他握过禾子的手，重重地抱在胸前，说："单位有紧急事情，我要改签最早的一班飞机回去了。我现在就得去机场，护照正好在我这，行李我请同事去收拾。"

牧严说："你也去把宾馆退了吧，看能不能赶上回去的车，你也早点回家。"

他把手竖在嘴巴上，示意禾子不要再问。

十二

返回昆卡，禾子没坐高铁，高铁有点快。禾子选了公共汽车。

朱牧严没让禾子送他去机场，但让翻译过来了，一是交接房卡，二是还有些事情要交代。为着省时间，他们可以在路上和机场就把事情说了。

禾子刚坐到车上，就收到信息："朱牧严帮您定制了马德里至上海浦东MU710的航班动态短信提醒服务，该航班计划起降时间23:25－18:10。"

回到家，禾子收到第二条短信："MU710已于当地时间23:30

从马德里起飞。预计北京时间17:31到达上海浦东机场T1。"

就是在回家的车上，禾子又想起参观时漏看的博斯的《七宗罪》，她在班车上，用手机打字，给朱牧严在微信里说着这幅画时，朱牧严已经飞离了马德里。

朱牧严的消息一直没有再出现在微信界面。

第二天，禾子收到第三条信息："MU710已于当地时间17:50到达上海浦东机场T1。上海浦东23摄氏度，空气质量：优。"

"生活的挣扎有时也是粉末状的，混合进每天的时间和情绪，看着被稀释和打散了，舀起来一尝，那味道的确是不一样了。"

"很遗憾，在年轻时，我们就没有勇气超越时代思想水平的平均线，以为在平均线以下才安全，以为大多数人潜意识里形成的规范是安稳人生的屏障，我们想超越一些经验，但又害怕形成冒犯。"

禾子发了最后一条微信，默默点开设置，退出了微信。

一抬头，她看见坐在轮椅里的先生正自己摇着轮椅从家里的小巷中出来。

三天走一县

一

弯上203县道，我们就走错了路。

沿203过来，我们想用三天穿过如下小镇：谷里、陆郎、横溪、官塘、林集、南木集、陈吴集、高堰、三树、田北营、陈溜、南宋集。这些地界在历史上都属于东海郡，归过越，也归过楚。

另外还有四个乡，昨天早上我们已顺路走过了第一个，名为前塘坝，另外三个是朱坝、新渡和下马坝。

十二镇四乡，这些乡镇的名字有的以沟塘命名，有的以溪坝命名，其余则多以集为名。

过去无超市、卖场，人们需要的各种生活物品都要从"集"上用钱买来，或以物换物，所以集多。集的场地、时间是固定的。

此地镇下所属的村名，则多以族姓冠之。

昨天过了两条河，河上的桥，一桥名"往良"，一桥名"东吴坡"。桥都很破旧，我们下去看，只有一座桥上刻了修建时间。

十七年前,我的同学在这里挂职两年,做分管农田水利的副县长。

按理,镇和乡同级,以乡名者,以农业为主业;以镇名者,以为农业服务为主要功能。

我朋友在挂职期间,赶上了撤乡建镇的浪潮。彼时建镇标准已经几次修改,稳定下来。有六个乡在朋友理政期间从乡改成了镇。他眼见着各乡门口的门牌、乡下属各单位的门牌、公章、信封、文头纸一并更换。

朋友把这一次三天的旅行称为"归田园之旅"。

挂职结束回京后,他虽然几次来恩城,但都没有下县:一则他总是有公务缠身,或有朋友约宴叙旧;二是没有合适的能整块下去的时间。每次来之前,他也想着到曾经工作过的地方看看,但两三巡酒一过,应酬忙累了,心意就减了。

这十二镇四乡,我的朋友都扎扎实实到过,有的地方最多去过十次。那时他人年轻,建功创业的心热,下来挂职了,就想着踏踏实实做成几件事。

两年下来,回头看,完成了很多计划,他觉得光阴没有虚度。朋友说,这两年中他最自得之事,一是建了一个比较像样的小学,让一个原来不遮风不挡雨的草房子变成了厚实的钢筋水泥楼;二是他帮一个中学建了一栋标准化实验楼,让乡镇的中学也有了像样的实验室。朋友说,那栋实验楼总共花了六十万。

十七年时间里,朋友一直为此自得。教育是根本,要从场地和设施上落实。盖一栋房子,百八十年都是有用之物。

二

"路比以前好了太多。"朋友一路感慨。

这两天我们走过的路,虽然都只是县道、乡道,但大都修成了两股车道,中间画了醒目的黄色实线作分割线。偶尔路过的一些村路,也大都铺了水泥。朋友说,十六年以前,让乡村所有道路铺上水泥还在规划中。

路边不时跃出标语:"您已进入监控全覆盖乡镇。"

"限速六十公里"的标志则一会儿出现一个。

"整治脏乱差,造福你我他""全面奔小康"的标语取代了几年前每个房子上都有的计划生育宣传标语。

朋友说,乡镇文化特色很大一部分在标语里。

"我若做学问,以后就研究标语文化。没有一个乡没有标语,没有一个村没有标语,有时家家墙上都有标语。时代精神、某段时间里的执政主方向都体现在标语上。一桶漆、一把刷子,重要时节拉上布幅,一个社会教育宣传员就站在街上亮相了。

"有时判断一个乡镇有没有士气、有没有水平,看标语贴得精不精神、遣词造句上不上心就行了。"

我开始一路留心看标语。

上午这一段路,出现最多的标语是某个医院的广告:"幸福男科医院"。

这个幸福男科医院的标语覆盖了我们走过的两个乡镇,且每条街上都能见到。

朋友忽然说:"原来现在医院是这么做的了。"

三

第一天的中饭是在下马坝乡政府吃的。

下马坝乡政府是朋友下乡走访时连住过三晚的地方。那时他下乡,每天都会下去但不住。一是怕增加乡里的接待压力,打扰地方工作;二是当地生活环境差,无正规可住的宿舍,无热水洗澡,那时乡镇里也没宾馆。而且,从县里下到最远一个乡,路再怎么不好,也就一两个小时车程,哪怕是吃了饭再上来睡觉也赶得及。

他把下乡镇称为"下去",把回县里称为"上来",像是下到的是山河湖泊,而县城是岸。

那次下去,他们赶上暴雨毁了能走车的路,所以只好住下。

第三天天晴了,乡里组织人填土加固,铺石头、上砖块。太阳也加势,一出来就把泥水浸泡透的路面晒干了大半。但到天傍黑了,路仍是不太禁得起车走,他们只有继续住下。

这三天,朋友就在乡政府里住着,宿舍里有床,但没热水器,晚上烧了热水兑凉水用澡盆冲。

乡政府有食堂,菜做得不错,有师傅常年在这烧菜。因为朋友住了下来,乡里特意把被隔壁中学借去烧菜的师傅喊了回来,说这个师傅擅烧小鱼小虾的土菜。

吃了几顿饭,顿顿有乡里的干部陪着,朋友深感不便,也过意不去,就说有师傅陪就行了。

乡政府大院里四处是蚊子。宿舍不知怎么规划的,就在厕所旁边,很可能是为着人夜里起来使用方便。好在厕所分男女。但

169

各办公室、宿舍再无洗手间。

下过雨,更感觉环境脏乱,且异味四溢。

食堂的师傅在院里点起了青艾熏蚊虫。

看着路实在还没好,又逢着周末无事,朋友央师傅带他到比较近的一个村里去走走。

师傅看起来不到四十岁,长得很高,眼神亮而温和,有些弓背,穿了一件旧式军装样的衣服。

师傅自述,他十四五岁时就跟城里的亲戚去学了红白两案,在外面打了几年下手,但因在外地无房、无职没法结婚,就回到家乡找了人结婚。后来,因为别人推荐,他就做了乡政府食堂的师傅。

一叙年庚,师傅和朋友同年同月生。

朋友平时也并不随和,是很冷面的一个人。但因为这几天大雨,下得人都减了脾气。

当地前面几个月一直大旱,所谓大旱之后必有大涝,这一场大雨把路冲坏了还不是大后果——乡境内果树上才几成熟的果子几乎全被刮掉了,半成熟的水稻也都趴到了泥水里。

如果这雨再接连下几场,就会殃及乡里各家养的家禽,还有大的牲口。雨一来,不结实的鸡圈、猪圈、牲口棚子倒塌损毁,这些动物就会四处乱跑,造成粪便满街,加上雨水冲流,不预防好,起瘟疫的概率十之八九。

所以,雨还没停,乡里干部就都下村了。

县里组建了临时清查队下来一起工作,办公室不准留人。

朋友因为是挂职,除了平时负责的具体事务外,下面各部门不好吩咐他,所以两天下来,院里只剩他和这师傅。

师傅一路叙说心得:"在乡里,没点关系干什么都不行。别看我工资不高,看不到的钱也不能算,但我一年过下来,省的钱多了去了,省的就是赚的,我要不是在这工作,光我超生的小二子罚的钱就要超过五万——我哪能还有钱置房子置地?"

师傅仍低着头继续说:"我不在这工作,我不敢,也生不起我女儿。等于这份工作不仅给了我工资,还给了我一个女儿。"

说话的这天,这位师傅的小女儿正好来乡里实小报名读学前班。那时各村里还没幼儿园,只有一年学前班。师傅正高兴——乡里的实小不知比自己村里的小学好多少倍,要不是自己拿了乡委秘书的条子去找实小校长,实小怎么会收一个村里的小孩?

"还不是看在他爹的面子上。她还一字不识呢,谁认识她。"师傅对朋友说。

朋友奇怪,说:"农村不都是儿子金贵吗,你怎么得个女儿要费这么大劲?"

"因为我有一个儿子啦。第一个是儿子,政策上就不能再生了。可一个儿子太孤单,我还想有个女儿,我又不想认罚款——不能多一个人就换个倾家荡产。我有高人指路,给儿子做了伤残评定,堂堂正正领了二胎指标。

"咱这女儿,是依法所生。我要不在这院里,就是外面有千条光明大道,咱也不知道,知道也上不去。还有那些管水的、管电的、管卖种子的,咱都熟悉,熟悉了就是自己人,有什么事就不会欺负到咱。我岳丈家一家大大小小,遇上事,指望的都是我。我靠什么?就靠老老实实好好做菜,把这院里的各个领导服

171

务好。"

早上一出门,朋友就先记起了这位师傅,说:"十六七年没多远,人应当还在,我带你去吃他做的菜去。"

四

这师傅果然还在,只是老得让朋友一下子没有认出。那师傅却一下认出了朋友。朋友本只是私访他,他却很激动——曾经的县领导来看他了啊。

趁我们不注意,他立即报信给现任乡党委书记和乡长。因为是休息日,乡长、乡党委书记一个在村里、一个在县里,接了电话已经分别驱车赶来。他也开始准备做菜了。

朋友责怪他不该惊动旁人,师傅笑言"这是纪律"。

乡长、书记还没来,朋友和我一起坐在他厨房里择菜的小板凳上。

他说:"十七年了,我还在这院里烧菜,可我的手艺也长了一些。"

他用了"一些",按朋友记得的他的习惯用语腔调,该是好了"很多"啊,这个词里有变故。

朋友说:"王师傅,多年不见,你变得谦虚了。"

"我陪了几茬领导了啊。咱也不能白陪没有进步。"

"你只做菜嘛。"

"人哪能不要进步?要不,我能在这院里做上二十六年的饭吗?"

"水平。"朋友拍拍他的肩,笑起来,拿出香烟,"来,点一支，尝尝这硬壳中华。"

"你就不想干点别的?"朋友点着了烟,坐那看他一双粗糙的手快速地剥着青豆。这个季节青豆正好下市,他居然还记得朋友爱吃肉丝雪里蕻咸菜炒青豆。

"我也想啊。可我有几大家子人呐,我哥、我弟、我妹,我大舅子、二舅子、小舅子,家家一堆乱事,他们都是老实人,又愚得不转弯。村里也是个社会,老实人更容易受气。我从这走了,乡里连个能搭得上话的人都没有了,所以就是乡里白让我在这做饭我都愿意啊,何况每个月还有一千二百块工资。我知足啊。"

"一千二百块可不多啊。"

"都涨了几次啦。这个工资我是从一百二十块开始拿的,涨到这个价,我知足。"

"你这心事别人知道吗?"

"当然不能让别人知道,盯着这个饭碗的人一堆呢。咱手艺要先硬,市面上出个新菜,别人会的咱也要学会;谁爱吃什么菜,要用脑子记,脑子记了还要复习,得跟上形势。每周咱自己也写总结的。您是京上来的,不常来小地方,在的地方比我们高几层,不会和我多心,所以我敢和您说心里话。我哪还敢攀多?我是真知足啦。"

五

从下马坝乡政府出来,我们没让人陪,只说路过,没说是特意回来看看的。朋友悄悄压了二百块钱在一个花盆底下,出来几里远了，才打电话告诉了书记。

车过正街，看到一场义诊，大标语写着："响应党的号召，送医下乡，行医为民"，落款是某医院。

朋友拿出手机拍标语，说："嘿，这一路可以不看地图了，跟着标语走，有标语挂的地方，肯定通路。"

我笑问朋友："你年年体检，查出过问题吗？"

朋友笑："年年有问题。把人放到那么多仪器下，哪能禁得起那些标准数据对照。"

前几年深度医改、教改试水也影响到此地。市里前后将几所医院、学校卖掉，或改制，或新批了一批民营医院、民办学校。市里这么做了，县里也跟着照做。

我们一路所见的幸福男科医院就是政策结果之一。

男科之外，还有妇科。广告是成名之路，比如安东妇科医院就包了电视台的黄金时段，其他时段则在大多数节目里飘滚动字幕："意外怀孕怎么办，到安东医院来。睡一会儿，就解决，无痛人流到安东。面黄，肌瘦，子宫肌瘤，炎症，到安东。"

朋友叹息："他们把医院当商品做营销，天天巡回宣传，播广告，做终端。"

我说："村里的小孩都会背那些广告语。"

市、县电视台各黄金时段天天播广告，想不背下也难。

我们把车停下，想看一眼这场义诊，立即有人从车窗递进一本杂志。

我们与他闲谈，得知这家医院自己办了一本杂志，每周出一期，雇了宣传员在城里街上发，到村里挨门挨户发放。

除了发宣传页外,医院着重做定期的义诊。穿着白大褂的医生、护士、宣传员排班,一个乡、一个村地过,摸清全县男人、女人的生理情况是他们的目标。

人这一生,谁没有几个问题?义诊免费,但治疗不免费。各种治疗一上,重的住院,轻的开药。处方药、非处方药一起开,"食字号"的相关保健品也在其列。那些保健品贵是贵点,但总没有命贵。"西瓜这么大,想啃,都不知从哪下嘴。"朋友突然长长叹息。

我不知这个"西瓜"代指什么,沉默着等他的下句话。

"这些事条条框框地对,找不出问题。可是,就是让人觉得怪,让人心里硌,我一看他们就是奸商的范儿。"

我说:"正常的生活,不要太影响,就没有问题。怎么这标语一写,我觉得全民都不健康了呢。"

朋友哼了一声:"真的生了大病,抬到他们面前,把他们供成祖宗,他们也治不了,只能搞这些小毛小屑的把戏,还不是变着法子卖药?现在的小医院,有几个不是药贩子?医疗还有教育阵地,不能蒙着眼被没良心的人坑了。我回去就把意见提上去。"

六

我是周五接到朋友的。出来前,我们就计划了路线。这些地方我都不熟悉,我很少如此具体地下到村里。

有一年,我听说本市大多乡镇都有一个孤老院,我很吃惊:每个乡都有,我们有那么多老无所依的老人吗?那一年,我利用周末陆续走访了一些孤老院。我的下乡经历,仅此而已。

一天走四个乡镇，走过全部，三天总是够的。我如此计划。

除了那两个在朋友主持下修建的学校我想近距离看看外，其他地方都路过即可，不用停留。朋友有三天半时间。乡镇之间也很近。一个县的地界，实际也没多大。

朋友说："我只想走走这些走过的路，以后退休了，看哪个镇可心，再住几天。这次，车游、途经足矣。"

这次寻旧之行的起意，是前几天我们一起聊到一个宣传："最美小镇大塘金"。

大塘金一上中央台的黄金时段，朋友就看到了，他在电话里对我说："这是我工作时去过的地方，我要回去看看。"

我也惊讶："原来离我只有三四十公里呀，我们一起去走走。"

七

这个县在二十多年前，很多乡村都是孤立的，少有互相通达的路，只有仅能走人的小路。这几年，有了两三条将它们串起来的大路。其中生态最好的一段路共有十七公里，人们将其印在名片上："江北最美的十七公里"。

这十七公里经过几年建设，合并了曾经的官塘、上塘和前塘三个村，也就是说，在行政区属上，它们已经合三为一：一是因为这三个村子的位置在一条线上；二是它们所在的地理位置有共同优势，从省城出来不出十五公里，就是这三个地方所在。

官塘在这几个乡村中位置最好，经济一直出色，镇内绿化基础好。大塘金是官塘多年前的旧名，几年前，人们可能觉得官塘这个名字不好，又改回了原名。

第二天下午的第一站，我们就来到这。

我们开车从宁金高速的老官塘收费站下来，转入301省道，向前行约三公里，是一条两边种满了银杏树的大道。

朋友在时，这些路还很窄，处处种的是意杨。

这是最美十七公里的起点。路两边种满了薰衣草，宣传上说，种了六百亩。

"为什么种薰衣草？"我问朋友。

"也许因为它们有两个花期吧。"朋友答道。

一路经过，我们看到了六七对拍婚纱照的新人，虽然隔着车窗，我们仍看到白色婚纱皱而旧，但每一对年轻人都笑盈盈的。果然对应了我们在宣传片上看到此地的宣传定位："婚纱照拍摄基地"。

与公路并行的是专用自行车道，给骑自行车爱好者专门定制的路——之前骑自行车只是普通的生活技能，代步而已，现在，成了一种专项运动。这个变化是微妙的。

一路还修建了五六个新的牌楼。

我一路数，有三个驿站，每隔五公里左右一个，模式是大约五六栋三层楼的房子，卖茶和酒菜兼及住宿。因为是周末，我们去了两个驿站都等不到桌子。

"好像附近全城人都出动来这了啊？"朋友问一个驿站的店主。

店主说："你只看到了今天。我们一周只能开店三天啊，周五到周日，忙到水都喝不上。但过了周日下午，就静得没人声。"

"老了我想来长住，租一块地，租住到一个人家里，我想要的田园生活就全有了啊。"

"我们这有的是空房子，一万块能住上一年。可是，天天洗热水澡不太现实。"

环眼一看，茶山，竹海，这些以前没规整的坡地，现在都被"最美乡村"计划规划进来，茶种得整齐了，竹山也有人管了。

这一条"江北最美十七公里"，据说从立意到立项用了五年。现在真的很好看。

只是一路过来，已不见朋友记忆中的散落四处的人家。据说他们都被集中到一个小区了，转为城镇居民。这里的地被托管给一个旅游开发公司。

朋友执意到那个集中居住的小区去。

"我也不去看，我只是去路过一下。"朋友对我说。

看地图，集中小区离此地也只有二十分钟车程，是曾经的旧村改成的，但现在有了围墙和门卫。

车开过去，绕小区一周，才看到旁边路上有一个修电动车的师傅。

朋友下车，刚要坐下去，那修车师傅不耐烦："去去，你不修车坐这干什么。"

朋友说："以前后面村里有我熟悉的朋友，听说搬这来了。"

修车师傅仍不耐烦："我都不认识。"

"这小区左右是我们曾经蔬菜大棚项目的地啊。"朋友忽然有了方位感，"现在，怎么也变成房子了？"

"种粮食是四季、年年有的收，房子盖了也就一世是房子了。"朋友自言自语,"我们不能这么对待土地。"

八

集中创建蔬菜大棚村是朋友抓过的另一个项目。

朋友来这个县任职的第二年六月,就赶上一场台风登陆,袭击了县境几乎所有乡镇。

朋友冒雨到现场时,农场大棚塑料薄膜全被风掀起吹坏,钢架也弯了一片,遮阳网碎片遍布地里,堆肥和农药的简易房也趴下了。

朋友参加了那次拯救和恢复生产。

修电线、电话线,修排水管及灌溉管道,排积水,对外发布停配信函,在废墟中找拾可用物品,清理垃圾,这些,朋友都参与过。

这一场风,让前面一季的农忙泡汤了。

很多菜农一边忙着,一边掉眼泪。活还要干,地还要清理好,要把一场台风毁掉的重种出来。

朋友一直在现场。朋友说:"我带着大伙一起干。跟着一起干活的,有的是另有一份工资的,有的是其他什么都没有,只有这些土地的。一场风雨下来,菜农颗粒无收,心多少天都没平复下来。"

平时,乡里各处瓜果蔬菜种好了,也总有人偷盗。防偷盗只能防人,人在毁灭性的天灾前束手无策。但好在台风不是今年来、明年又来。即或明年又来,人们还是能把毁掉的作物重种出来。

这一次台风后的第四个月，毁坏的大棚就重搭起来了，各色菜苗逐渐出土。

"不经过一场大风，你真就不会知道一棵菜从种出来到市场上要经历很多。"朋友说。

"好在台风害人只是一季，活上个一生半世的人总会遇到两场，这是自然，不足以变成精神上的惊惧。只有人害人可能是一辈子。"朋友说。

"我真想找人去问问那些大棚搬哪去了。"朋友开着车窗，看着窗外，显得很不平静。

当时说是建百年农业基地，台风挨了，病虫害和土质问题也挨了，怎么没把项目持续下来？毕竟，离当初设计中的"百年"，才只过了不到五分之一的时间。

"我真想撤了，我不走不看了。"朋友说。

九

第三天的下午，我们计划到离县城最远的一个镇——南宋集。

两天过来，我们的话越来越少，既为了赶着把没去的镇走完，也因为这两天遇到的人事光景，一句话两句话难以表达。

上午经过的两个镇，我们都没到镇政府门口，只是穿过了有它们行政区名之下的街而已，然后连车窗都没有摇下看看，就过去了。

一路也赶上过集市。

网购的闸门打开，马上延伸到乡村。网上的低价诱惑着年轻的或资金短缺的人们。但集市并没有因此消失,集市还在。

集上卖的东西、人的衣着,看着并无变化。

我们仍没有下车。朋友也淡淡的,似已无情绪。

我生在这个城市,一天没远离地在此处活了三四十年,离下面每个县都不过百里,但这两天走过的地方,我基本都没来过。

百里之外,于我,都是"远方",是"外面不了解的世界"。

我只是安然地在自己每天要走的物理距离中往返,在一个小小职位上默默尽职工作,与其说是多么热爱,不如说只是谋生,以一份劳动换生之所需,仅此而已。与其说我是天性喜欢安静,不如说我是木讷无趣。我对一切无向往,也无批判之心。我只是过着"能活着"的日子。在这两天里,从经过的人群里,我慢慢地发现着自己。

十

回顾这三天,第一天走得还比较贪心,兴之所至,多有停留。

但时间有限,我们没能按预先计划的那样,每个镇都从容地看一眼。第二天无话。第三天下午,算算朋友的航班时间,应该不够我们去南宋集了,朋友也不想再去了。

我劝他:"再来不知何时,你不如改签到周一回去吧。现在你只是多停留一天,再来何止一天?路上还有两天。还有,说不定,你这一生没准不会再来了,不是因为远,不是因为没时间,是你再没有想来的心了。"

朋友惦念南宋集,十七年前,这镇上的小学、中学各在他主持下建了楼。

朋友低语:"我这一生务虚良多,实实在在做过的事算下来,这十几年下来,真还没有另一件实事能超过我力主盖下的那两栋楼。盖楼的钱是我一遍遍跑省里要来的,省里拨到市里,从市里下来,还要确保到了县里不被挪作他用,然后,才能拨到乡里,最后拨到学校。这一路,我一眼不落地盯了一年多,虽然盖楼也只用了半年。"

"为什么要盯?"我问。

"你以为钱到了财政,就能保证专款专用啊?每一级用钱的地方都多。"

"那你盯住没?"

"没。但还好,也没滴漏太多。"

两个学校"化缘"得来一百二十多万,楼从招标到盖完,一栋花了五十多万,一栋花了四十万。

这两天,我们走的很多新公路都是由原来的乡道拓宽而成的,铺上沥青,路明显好了,有些弯弯拐拐的路,比如遇到山坡、旧村、茶园、小河的路,都会弯。这次经过,我们发现多数小路已经被裁直。这种连接才实在,让人感到亮堂。朋友对这些路很满意。

朋友说:"天天说,要走向哪,走向什么世界、明天,走向哪个目标,先要有的就是路。不能往门口一站,东边是个大水塘,想过去,桥没有,走个船吧,浮力又不够;往西全是淤泥洼;往南是乱树林,偶尔看到一条小路,全是蚊虫荆棘……没有路,你让一个一辈子守在自己门里过日子的人往哪走?"

我看出来了，说到这些路，朋友显得很高兴。我说："这个投入值得。"我指修路。

"精准扶贫这条路也对症。"朋友说。

"可路一开，什么杂人都走。"朋友又变得气呼呼的，他接了这一句，也再无后话。

十一

接到朋友的第一晚，我们住了所谓的民宿，主要是朋友想感受一下乡间的夜晚。此处民宿多由以前的家庭房改建，房间格局并不统一。

我们想找到一个既有两个房间，每个房间又都有独立卫生间能洗热水澡的民宿。但因为周五客多，我们也没有提前预订，找了三四家都没有找到合心意的。

天黑了，我们不想再往前走了，乡间旅馆条件普遍差，不想挑了。最后看到这一家，虽有两个房间，卫生间热水却如同滴油，房间无锁，窗子也关不严。好在我们没贵重物品，又都是男的，唯一值钱的就是我开来的一辆车，车总不会被偷。民宿包早晚餐，一个房间一百三十块一天。

房间的床单看似洗过，却是很差的那种布，而且不是习惯中的白色，而是粉红色，真是又土又喜庆。

虽然在乡间，看似安静，但这四邻中居然有两邻在装修改造房间——新的民宿成形中，电钻声响到快天亮。

我下去抗议了一次，主人说："要赶工期，赶出来，今年还能开一两个月，否则天冷了谁还出来？"

我也体谅他们不易,回房无话。

朋友第二天醒来却说睡得还不错。他家虽然在高层小区,但离路近,每晚窗外都是一个不夜城,机械声、汽车行驶过的声音此起彼伏。

他说我:"你的免疫力不够强大,是环境宠的。"

因为这一晚睡得不踏实,天一亮我就和朋友说,下一晚,一定回到县城住。我笑说:"总要让司机休息好吧。"

在心里,我是体谅朋友的。

第一晚,我们都只用冷水洗脸。大夏天,总要洗个澡吧。第二晚朋友还想继续体验民宿,找了两家,都和第一晚的类似,甚至不如,而且价格也不低。我说,回县城睡,明天再出来也不耽误,还一路多看个夜景。这是第一晚之后的话,暂时不提。

乡间夜晚很清凉。这第一晚住的民宿是三层半,主人住二楼,三楼以上是住宿客房,一楼是小餐馆。

晚上,我们没有吃二十块钱一客的包餐,而是点了两个土菜,一个本地小公鸡烧毛豆米,一个素炒三鲜——长豆角、茄子和瓠子。

鸡明显是从养鸡场买来的三个月长大的速成鸡,肉松,不紧致,但看朋友吃得香甜,我并不点破。

街边摆了几张小桌子出来,有一些小炒、啤酒,不知是本地还是外地的客人,直到午夜还没散场。

二楼和三楼共有六七个房间。

因为没有午睡,我有些疲惫,晚餐后本想早睡,但朋友和三楼的两个外地客应民宿主人邀请去喝他自己炒的茶。可能看出我只是个司机，主人并没邀请我。但我觉得让朋友一人去可能不合适，我也不请自到。

朋友连夸茶好喝。

主人说，这茶在市面上要卖五六百块一斤，都是自己茶园里的，没有农药，没有化肥，住店客可以优惠，三百块一斤。我尝了一杯，果然淡嫩，于是买了七十块钱的，正好二两半，装进一个茶叶盒里。

朋友不买。我买时，他还看了我一眼。

第二天白天路上，我说到这个茶，朋友又哼了一声："以前，我们到哪个村民家说炒的茶好，人家包了就送给夸赞他茶好的人。昨晚他说是自己炒的茶，让尝，明显是想卖茶。"

朋友说："真是几年不见，全民皆商。"

"你看，"朋友往窗外一指，"这些以前老实做事、谈到钱就害羞的人，做起生意已经很熟练了。"

我说："这是进步。你用谈钱是否害羞考量民风，你这进场的角度就需要批判。"

朋友说："昨晚那茶明显是贩来的。他前面还说自己家没种茶树，连二亩地的水稻都是给别人去种的。而且这茶，在我们马连道，不值三百。"

我说："较这个劲没格局。生意，生意，为什么把商品买卖、交易这些商业活动说成是生意？读书、做学问不能够是生意？你看这个'意'，上面是一个'立'，想立得住，要日日有'心'，才能生成'意思'。还要会说话，用心说，'音'下面就是'心'嘛。有生意才有生命力的气象，这些气象，造字的老祖宗都知从商品交换、买卖和拥有中获得。"

朋友并不理我，可话我要说："全民皆商的时代就在眼前，不参与其中，还只老实旁观，等着饿死？你让他们怎么办？"

朋友说："从情感和理智上说，他们这样没有不对。可是，我不知道为什么有点不舒服。"

我笑言："以前在这，你的茶不自己买啊。"

朋友说："不是。当然送我的也有。人都是礼尚往来的，我收了人家的茶，会回酒或别的什么给人家，用我有的回别人赠我的。如果一时没有什么，我也会现买两包烟。一包烟二十块的话，两包烟的钱也够买一盒这样的茶。之前我与他们是这样的交换过程。与现在真金白银、毫厘必清地杵在这些事中间，滋味不一样。"

十二

现在很多小村确实多是空村，但房子仍在，仿佛每个村都在等着一场拆迁的到来。

几年前，城里的房地产商开始陆续进驻一些离城里只有几十里的乡镇，用各种促销方式还有对未来的分析，诱惑镇上一些稍微有条件的人家去城里或县里买房子。

比如，以小孩教育资源为切口进行劝说。

比如，看房的免费直通车一辆辆开到乡村。有些村里人觉得闲着也是闲着，不如坐一趟免费进城的车。而一旦进入那个用智慧卖房的场子，很多人就动心了。

一些人家开始看着周围人一个个加入城市买房的行列，也半自动、半被带动着加入其中。有的人卖了自己的房子，有的人没有卖。

所以，这几天，一路卖房子的标语也有很多，也相当醒目，如"二期收官在即，三期耀世启航"，然后是电话、地址，地址上鲜明地写上在某单位对面或某单位旁，施教区为某某名校。

这些广告都是大幅的布，也不锁边，直接印了字横挂在路上，红布黄字，也有蓝布白字。镇政府门口、主要街道、集上，除了那些医院的广告，就是这种房产广告。

这两三天，在吃饭或停车的间隙，我们也偶尔和一些村民交谈。谈到他们几年前如何被鼓动着搬进城里，他们说城里的物价实在是增加了生活压力，那是"用一滴水也要计费的生活"。

当年一些卖了房子的人，连家里的土地也一并转了，到了城里，只能赤手空拳靠力气打各种短工、长工。言谈之间，十之六七的人感到后悔，可是，回村难了。他们成了都市与乡村之间的"夹生"人——说他们是游民吧，在城里某处还有一个房子，但又不能妥帖地融入城市，也再难切实回到乡村。

这几天所过，几乎每个乡村都有这样的"夹生人"。虽然一些街口看着仍然热闹，但四处支起来的大广告雨伞，每个伞下罩着各种物品的摊子，明白地说明这已不是从前的乡村社会。

旧房翻盖是不被允许的。为了统一规划，很多镇上主街的房顶都被刷了统一颜色的漆。

最近这三五年，建设书香村庄是精准扶贫外的另一项工作。所以，这一路所过村庄，"大力推广全民阅读，努力建设书香村庄"的标语也颇多。

弯上南宋集的路，朋友的电话响起来。来电的是朋友挂职期间跟他一起工作的一个主任。这位主任中午和下马坝的书记遇上，听说朋友来了。他责怪朋友不招呼他，问朋友可是当年自己没干好工作，哪里有错？

朋友说："只是私访，又是周末，怕打扰你们。一来是自己想没干扰、没喝酒负担、尽兴地走走十七年前工作过的地方；二是来看看自己亲手盯起来的两个学校的大楼，这些年梦到过几次。"

朋友说："我快到南宋集地界了。下次我们再见。"

主任说："啊，那两个学校的学生都合并到新城中学了。几年前教育体制改革，这些学校被省城一个教育集团收购，老师也一并双向选择分流了。那两栋楼现在空了下来。昨天我从那路过，操场上的草半人高。学校正在寻托管转产、招人才，希望人才能带来有活力的项目。"

家庭建制

一

季于含拨通电话,问候了婆婆两句,才低声说:"妈,我想和林书文分开。"

那边顿了下,说:"乖,你们大了,你们自己决定。妈妈年纪大了,过问不了太多。"

收起电话,季于含涌出委屈的泪水。她知道,这个电话打得一点没有意义。本来指望这样做会让婆婆重视自己的感受,却被婆婆两句话给打发了。

十五年了,自己从来都是婆婆家的外人。这是每一天都清楚的事实。即或现在,自己的白头发都生出来了。虽然白头发和这些事情未必有关系。

"我的鞋哪一次你能擦得干净?衣服能烫平?明天穿的衣服能早晨起来好好放在那?到现在,连鱼都煮不好,你做的菜,哪个能吃得下去?一年不会,孩子都大了,还不会,你就是没心。"

"我也要上班,还要接送雨檬上学,时间全被局限住了。"

"别的女人就不管小孩了?管小孩的女人就都不会做饭了?

你看你朋友圈里那些晒早晚餐、陪小孩的女人,她们都是全职太太吗?

"你要是觉得忙、没时间,你辞职啊,早说了,家里不缺一个上班忙到没时间打理家务的女人。我娶的是一个女人,我只要她给我好好洗衣服、做饭就行了。我每天累到半死,回了家像到了垃圾场。我要的是家庭的温暖感受,想要回到家,哪都干干净净、妥妥当当,让我能安心地调整、恢复一下。我第二天还要活着出去忙工作。

"我不要那种让干点什么都干不好,还觉得委屈的女人。说不得一点,听每一句话都有联想,敏感得能上天入地的,那不是女人,那是女强人,是我祖宗。"

二

自从上了中学有了晚自习,女儿开始在学校吃晚餐。

在林书文看来,这么长一个晚上,什么家务事情料理不起来呢?加上双休,家里有哪些还料理不清呢?无非几件衣服洗洗烫烫,然后把第二天中午的菜洗净,考验的无非人麻不麻利,会不会对时间、事情做统筹安排而已。虽然这些年因为怕中午时间仓促,把第二天中午的菜洗出来已经变为季于含自觉的晚课。

可林书文看到的不是她的木讷,事情因为做得仔细而显得进度慢,而觉得她是故意拖沓,无声地争他没有参与进来。

"她就是一个四次元。"有一次,他对季于含的表姐夫说。季于含也听到了,好在是自己的表姐夫,不是他家里的人。要是他家里人,她真会"炸"了。

他也感觉到季于含有点怒他，正好女儿开门进来。林书文迎过女儿，回头向季于含喊："四次元小姐，宝贝回来了。"

女儿哈哈笑起来："哈哈，妈妈就是一个四次元妈妈。"

季于含没有看电视的习惯，所以，在林书文看来，她每晚的时间比一个下午的时间还多和耐用。不是林书文晚上不和季于含一起忙一忙杂事，他也不是不会，是没办法而已。

几乎每个晚上，林书文都有应酬。工作应酬以外，还有同学、伙伴们一起的聚会。他上的幼儿园、小学、中学都在家门口。大学毕业后，很多同学继续读书或去了外地。他在加拿大又读了一年半的书，本以为是彻底离开家了，可以自己开辟天地了，但阴差阳错的一个机缘使他回了家乡工作。

在这个城市，他的家从小到大都似没挪动过。一路过来，积攒下的各时期的伙伴越来越多，在这个城市里，一叙旧就叙出一拨，满城都是熟人。

林书文一路走来，在工作上也风生水起。

小城没工业，因而商业发达。前几年，小城里歌厅多，晚餐后唱唱歌是常规的程序，还流行过一种名为"掼蛋"的扑克牌游戏。城里还一度盛行过晚上洗浴桑拿之风，几乎每条街上都有一两个这样的店。晚上朋友小聚，一般的程序都是先喝点小酒，然后唱歌或打牌，打到十一点十二点，再去洗个澡才各回各家。所以，多年来，他很难有机会在家吃个晚饭。

女儿的晚自习九点结束。

女儿才上初中，季于含不想让女儿太晚睡，十点半左右一定让女儿睡觉，因为第二天六点就要准时起床，七点是每天早上的到校时间。

早上这一个小时里,她们要洗漱、吃早饭,还要留十分钟在上学路上。所以晚上的时间更显得珍贵,要争分夺秒。女儿也自觉,总是到家就立即整理书具,洗澡,看一会儿书就上床。女儿上床后,为了让她有个安睡的环境,季于含自己也熄灯入眠。

所以一年四季之中,季于含和林书文的作息时间总是对不上。就是女儿上小学时,一家人一起吃晚餐的次数也是不多的,早餐时间也对不上。

因为第一天睡得迟,林书文第二天早上总是要八点、八点半甚至到八点四十才起得来,用最后的一点时间冲到单位。

这时,季于含早带着女儿去学校了。送过女儿,她也就没有充足的时间折回家再去顾林书文的早餐了,自己也乐得每天早早到岗开始料理工作。

季于含从认识林书文,就没有见到他早上不用叫醒,八点之前能主动起来过,除非他有特别的事,比如出差,单位或亲戚、朋友那有了什么事。

季于含也尊重他的作息时间,毕竟,每个人都有自己的生物钟。

因而,季于含这些年和林书文的大多数交流——如果有的话,都是在电话里,或者中午,中午林书文是回来吃饭的。但中午女儿吃了饭要抓紧睡会儿。为了不影响女儿午休,他们也避免在女儿面前交流什么。

"说的话都只是增加噪声。"林书文说。

季于含想想,也是,确实也没啥非说不可的话。

中午如果还有一点空闲,林书文就指点着盘中的菜说,少放了哪种调料、菜该怎么切、火候哪里没到,或者说昨天的衣服又有哪一处没洗净。他一直不明白为什么衣服洗不干净,自己没去用袖子抹油锅,也没下塘去捉鱼。现在的衣服又能沾上多少洗不掉的灰呢?他向她一一指出。让她在家务上有进步是他一直的关切。

"你就是每天来这个家里视察、总结一次的领导。"季于含有时也忍不住脾气。

会发脾气的季于含,还在年轻几岁时。现在,她沉静了。

林书文擅长做"统一战线"工作。以前季于含这样说,他也不驳斥,只是让女儿裁定:"宝贝评评理,你妈妈做的这个菜是不是不好吃?爸爸上次带你在饭店吃的是不是赞很多?"

因为确实上次在饭店吃过这个菜,比眼前的菜好吃很多,孩子的味觉记忆总是一经拨动就开启,正吃着饭的孩子立即放下筷子,嘟起肉肉的嘴巴:"爸爸我还想吃。"

"爸爸明天就打包一份给宝贝。"林书文和女儿拉起了手。

林书文看着女儿说:"妈妈总是不想进步。这个妈妈就不能认真看看菜谱,做出一个宝贝爱吃的菜吗?"

三

季于含数次回头梳理林书文的家庭成长环境,却也理不出什么:他的父母都在机关工作;母亲一直在妇联,在妇联工作的女人做婆婆,按常理总会开明更多,当然,现今时代,开明不开明又有什么关系,两代人又不会住一起生活。

林书文本人工作以后，一直深得领导倚重，连他们单位的值班门卫、停车场的工人都说他好。他样貌端正，品学兼优，在社会上有良好的口碑。

当时，别人介绍他们认识时，季于含才工作不到两个月。林书文和前任女友不知为什么分手了。这一条，季于含没有问，介绍人没说，他也没说。

因为是介绍认识的，两个人条件一摆，面一见，回来一说，季于含的爸爸首先满意，对小伙子的家庭情况尤其满意。某一天，他还背着季于含，暗里去林书文的单位走了一圈，故作路人远观了一下林书文：小伙子看起来仪表堂堂，外调通过。

这一年，林书文二十九岁，季于含二十三岁。

快九十岁的季于含的姨奶奶认为，差六岁不好，犯六冲。

可再一问，若按农历算，只是大五岁多，按阳历，才是大六岁。八字都用农历算，那这阳历是不算数的。

"大几岁更会知冷热，也会多担待季于含。"

姨奶奶是老派人，某一天，遇到街边上一个摆摊合八字的，把八字一合，结论是鲜有的美满姻缘。

这些只不过是心理的过场和花絮，季于含知道，这些都不是决定因素。林书文二十九岁了，再两三个月，把年一过，就是三十岁的人了，到了正好想结婚的年纪。

三十岁，并不是很大。但小城小，无论男女，到了三十岁，就觉得是往青年的末端上去了。林书文从二十岁开始谈第一场恋爱以来，一直东挑西选，各种没结果，自己也谈得累了，是需要结个婚向大家交代一下了。

两个人一见,季于含还没说什么,各自的家人却都满意了。两家的人就各种推动,让两个人交往。

季于含年纪不大,并没有见了面、交往了就要结婚的念头。但家人们都劝季于含:"女生结婚的决定要趁早下。"

季于含自己也没什么主见,年纪看着是成年人了,内心却还是幼稚的小女孩。两个人十一月里被同学的同学拐几弯地介绍认识,年貌匹配,各人都无任何不适于婚姻的症状,一个需嫁,一个需娶,正好给社会奉献出一个新家庭。

十一月后是新年,正是有男女朋友的人互见家长的时机。他们是被介绍认识的,几个月下来交往得风平浪静,在同一个城市住着,见见家长也在情理中。

见过面了,家长们就不消停了,希望他们早结婚。林书文家里说,就三月里结吧,天暖一些,也好宴客。合日子的人却说这一年三月犯大桃花,不宜嫁娶。三月再往后,是五月,也很好。

可两家的大人都怕时间一长,两个人谈出矛盾——在一起没意见是不可能的。

但结了婚就是婚内矛盾了。婚内矛盾不像婚外矛盾没个约束,大家七劝劝、八劝劝,劝一下,想一下,也就和好了。但如果没结婚,两个年轻人说不定会因为哪件一毛钱不值的小事,就散了。

这样两个人,结了婚,能出什么不好解决的大问题?

正月里都在过节,林书文的父亲提议可以先领了结婚证,两家吃个饭,三月以后选个日子正式宴客。

出了正月,林父突发急性心肌梗死,住了几周医院。

林父出院时，犯桃花的三月正好过完。天也暖了，大家正要提议婚礼宴客的事，季于含的祖父过世了。按照此地风俗，要么就是三年不嫁娶，要么就是百日内行礼置酒。

　　送走了祖父，两家人开始准备他们的婚礼。此时已经到了六月。两个人看似多了几个月的时间互相了解，但这几个月全陷在各家的私人事情里。

　　雨檬出生前两个月，林书文接到调往单位驻广州办事处工作的通知。这一调，就是五年。

　　林书文任期满重回原部门时，雨檬已经上幼儿园了。

　　因为是小城，连火车都不通，更无机场。那几年，人们进出这个城市都要靠公共汽车，公共汽车抵达不了的，要先坐汽车到南京或上海，再从南京或者上海转车出去，回来亦如是。

　　那些年，一周有六天是工作日，国庆、五一这些假也很短暂。对于驻外办，总是越到节假，越是接待多、事务多。

四

　　那天妈妈过来，坐在桌子边。林书文因在后面锁车，迟了一点进来，进来时水正烧好。林书文过去倒水，婆婆忽然站起来，说："一杯水，我也要你倒。"

　　季于含正在冲洗另一个杯子，她知道，这杯水如果自己抢先去倒了，再无话说。

　　往日家中长短季于含并不向婆婆说。以前说过一次，就迎来了婆婆接连数次的忆苦教育。

　　她向季于含介绍自己当年如何一边上着班，一边自己带大一溜挨肩所生的几个孩子,最大的和最小的只隔二十一个月,可几个孩子都被她带得出人头地,哪也不少,什么也不缺。

因而,雨檬没出世时,婆婆就表明过态度:"第三代我一个也不帮带。妈妈累了一辈子,你们都大了,现在小孩又不多,只一个,你们自己带。妈妈好容易退休,我要休息了。"

季于含和自己的妈妈说这些,妈妈说:"你婆婆一直在妇联工作,思想观念新。孩子自己带是好事,她的提议对孩子、对你都是正确的好建议。"

"我只是受不了她那么个腔调。"季于含说,"我当然是想自己带。"

"可她客气一下,说支持个后勤之类的照应话都不说,真是硬。她现在这个语气和态度,希望她坚持到老,她老了也别指望他人。做事不能只顾自己这头,用两套标准行事。"

妈妈急忙捂季于含的嘴:"还没说指望你,你就这么喊,不是平添矛盾吗。到时你不管,被笑话的是你。等你不指望和人家过了,你再这么英勇,神仙也不靠近你。"

从小到大,遇到任何问题,自己妈妈都是向外不向里。

林书文从驻外办调回,本以为一家人终于可以早早晚晚在一起了,可也只是外人看到的形式。他晚上应酬的酒会有增无减,只不过换了每晚的喝酒场地。

季于含一开始还提议:"今天不能一家人一起吃个晚饭吗?"

女儿上的不是长托,每天下午四点半就要接回来,天天的晚饭都是在家吃的。

心情好时,林书文还会细说下今晚一起吃饭的是何人何事,

197

如何无法推却。遇忙乱暴躁时，林书文满脸轻视："你怎么这么在乎这些婆婆妈妈的事？一个女人别那么黏人。你是没长大还是一天都离不开我？一眼看不到我，就不放心？"

或者说："你看到哪些男人天天回家吃饭了？列个名单给我，我去挨个访问、学习下。你是不是天天把我拴到你裙子带上就舒服了？

"我是包二奶了，还是和人鬼混、吸毒去了？我是违纪了还是违法了？就吃个饭、打个牌你就喊起来了？什么人没个朋友，没个爱好？晚上吃完饭就关门读书，钻研白天没完成的工作就高尚了、伟大了？你以为你嫁的是伟人，还是你以为嫁男人就是找个你能天天看着，天天在你眼前晃，能给你随时叫到，供你差遣到的男仆？

"你以为家是里面人过的，外面人看不到里边人，只能看到墙？天天说在家只讲情、不用讲理的是谁？你告诉我，我看看他们究竟过得啥样。"

在吵吵停停、拉拉扯扯中，雨檬上小学了。季于含把更多的精力分给了雨檬的教育，她再没时间、心力和林书文多讲负气的话了。孩子越来越大，有些话也不能当着孩子的面争长短、论对错了。季于含自己慢慢转变观念，不想在这些家庭小事上生气了。

五

他天天不回来也很好，少做一个人的饭，少烦一份心。但季于含也更没有把一个菜烧好的热情了。反正她的菜烧到什么程度都有缺陷，永无休止地能被挑出问题——油放多了还是少了，咸了还是淡了，菜洗得干不干净，每一天，他都因心情不同而使用不同的标准。

而找不到可挑剔之处时，林书文这个人是从来看不到"事"这个东西在家里的存在的。

等到女儿读中学后，有一天，季于含也终于开悟：这饭菜不是自己做得不好；对每一件事挑剔、批评，只是林书文从家庭到他所工作的岗位后渐渐生成的习惯——他把这个来源于生活的习惯又还回了生活。

他习惯了自己的骄傲，他从小说话语气便是如此。

他和亲近的人的语言系统被莫名设置成这样。

这才是一切在他眼里都显示出不完满、有瑕疵的理由。

还有，这是他对外部环境的无力和主动投靠。平心而论，他也不是天天应酬，这也不是他所愿，他也疲于这种酒宴，但现实环境如此，小城人心窄，有时拒绝邀请确实会让朋友多心。

"家"上有块天盖着，但也不能天天关上门不和外界通气——什么气息都不流动，家是板结的，板结的家没有生气。对外交流和内部互动都是让家活动起来的事，却很难两全。"我也只是被动如此。"心平气和时，林书文对季于含做检讨。

"人皆有个性，人皆有恶，出去是健康的身体，倒下是平安的一眠，有房子有地，老小和气，就是好好一个家了。"这是奶奶之前向她念的"经"。

六

季于含不知道林书文一个人住集体宿舍的五年是怎么过来的。若再加上大学，他实在应有很多自己处理内务的经验。但就结婚后所见，只要他在家，袜子、内衣从不会自己洗，总是四处放。

有一次，季于含真的生气了，把那些丢在门口、沙发边的袜子统统扔掉了。

妻子居然连内衣袜子都不洗，林书文自然也气了，一口气又买回十几双品牌的袜子和五六条内裤。"你扔，我就买。季于含你不是心疼钱吗，我就让你心疼。谁的祖宗谁敬，看钱到底是谁的祖宗。"

此事以后，季于含心凉了。

她惊讶地看到了一个每天在外面光鲜的人回到家里竟如此恶劣，不知道尊重他人，更谈不上体谅。

至此，季于含也不再洗他的任何衣服。除了女儿和自己的衣服，其他的她一概不管，随他买好了，她也不再同他讲理。

季于含也讲不过林书文。在林书文那，他总是能找到自己有理的证据，他不会认真聆听季于含的建议，更不会理会季于含对他我行我素的反应。

于林书文而言，委屈的反而是他：自己忙了一天，工作了一天，晚上还要应酬，回到家，季于含对他连一句嘘寒问暖的话也没有，更不要说在同事描述中的，他们每次喝醉后，太太都会给倒一杯浓浓的蜂蜜茶，有时，还有一碗清凉的醒酒汤——关于这碗醒酒汤，他在家故意地念过几次，季于含居然一点反应都没有。

　　季于含婚前还舍得给自己买一两件好看的衣服，但结婚后，因为要存钱买房子、还借款、交女儿各种的学费——光钢琴课一小时就三四百块，她还给女儿报了数学课、游泳课、舞蹈课，她就很少为自己花钱了。

　　季于含每天带着女儿在上这些课程的路上穿梭，她把有限的钱更多地积攒下来用于女儿的教育。自己当妈妈虽然没教育经验，但毕竟周围成熟理智的妈妈那么多，比如比自己早几年做妈妈的同事，家里的表姐、堂姐，她不会做，但会看，会照着人家学。

　　每一个孩子投胎过来都是想做小公主、小王子的，家长要好好对待他们。尤其在该接受教育的时候，不可荒废孩子受教育的时光。

　　林书文心里也识轻重。和女儿相处时，这个人还是一个有趣的爸爸，能显示出耐心，在女儿呼唤他做一些事时，他都能及时回应。许多时候，季于含考虑到这一点，也能把生活中的愤怒平衡掉。

　　季于含自己，一年三百六十五天，几乎天天早上五点二十分起床，从女儿小学一年级到初中，一天不能落下地早起。她每天骑着单车，后座上带着女儿，在女儿学校、自己单位、菜场和各种课程的上课地点之间飞奔，累计起来，每天有超过两个小时的骑车时间，风雨无阻。

　　也累，但季于含想，就当力气用在健身房了。

一开始，她还会对这种生活内容有怨，但随着女儿长大，看到女儿那么健康、明亮、向上，她也变得开阔了，活得也更清澈、皎洁了。季于含心里开始渐渐变得平静，变得无话可说，觉得生活无非如此。

她无限地向内平静下来，再不问外物，不问外人——自己以外皆是外人。

季于含发现，自己的心慢慢地找到了一个完全不同的自己，完完全全的、圆圆满满的自己。

好像慢慢地，她找回了走进婚姻之前的自己。以为婚姻会分散掉的部分，爱一个人爱得昏天黑地，一心想奉献掉的部分，复原如初。一切都似恰好，自己没有被燃烧掉，也没有发生损耗，未经挥发、爆裂，仍很完整。

她以为再也不会从婚姻中将自己分离出一点点血肉——那种情况也应是有尽头的，这个尽头有时看来不会是死亡。

唯一令她不安的是女儿，有一次她嘟着嘴说："妈妈笑起来不好看。"

七

一年前，驾校在单位集体招生，季于含和同事一起报了名。往常，季于含有什么事都会先向林书文询问。这一次，她根本没有问。因为是团体报名，驾校也找了专门的场地用早晚时间为季于含她们制订了课程。季于含想，等考下驾照，自己就买一辆车，再不用在大风大雨里和女儿各自包在一件雨衣底下骑在自行车上了。

这是个一年中有半年下雨的城市。每次雨天送完女儿到单位她都衣衫半湿，形容狼狈，要靠体温把衣服一件件焐干。

若逢雨下了半天还不停，即或衣服还没干，但孩子放学时间已到，她还要披一件雨衣飞骑到雨中去学校。

林书文不知道，这个城市，自从有了出租车这一事物，平常时间打车还算容易，但逢学校上下学高峰时间，再遇到雨雪天，想拦到一辆出租车那真是要一半凭妄想，一半看运气。

而这路上的时间一点容不得浪费：要吃午餐，要让孩子抓紧时间午睡会儿，要再返回学校上下午的课，要去上晚自习。

林书文只觉得季于含一直把小事放大：女儿完全可以在学校附近代伙，只是季于含不同意。

代伙是方便，但孩子吃过饭，没地方小睡一会儿。不如回家，让孩子每天中午睡个二三十分钟，用这一点珍贵的午休给身体补充能量，以便有个精神饱满的下午。

后来，季于含为解决接送路上的麻烦，也为了节约时间，在校园里租到一间教师宿舍，和女儿搬到校园里住。

这间宿舍，让季于含的时间终于不用一分不差地以女儿的时间表为轴心安排了。虽然三餐时间仍是固定的、铁打的，但她总算不需要和学校的时间拧得那么严丝合缝了，自己能有喘一口气的时间了。

绷紧多年的神经终于变得放松了很多。

她反思自己，这些年脾气确实是暴躁的，缺乏克制，放任了自己的情绪——以前，奶奶偶尔会和她开玩笑：在家里，能吵架解决的事不用讲理啊。

季于含小时候会觉得和人吵架丢脸,难听的话是多么说不出口啊。

但教养这一项,不是每个人都有福、有量去领受的。你以为是教养,可能在另一个人看来,只是装腔作势罢了,是矫情,毫无功用。

表姐有次和季于含说:"你一个人反省没用,这世间,除共同的反省以外,有时还是暴力实在、有用。不管是言语上的,还是肢体上的,你来我往,用了这些力量,也许能唤起另一方正视当下问题的心——觉得你是对手,是值得兵来将往一番的,是需要铁了心对付下的,而不是——你又能怎样?又能如何?大不了一场哭闹,大不了一场离家出走,走还能不会吗,小孩又不是你一个人的。就像我之前认为的那些修养不够的女同事、女同学,看着能打、能闹、能骂的,不顾天、不管地的,多年下来,这些人反而活得滋润,阳光灿烂。有些群体、有些人,就配得到这样的对待。你讲那么多文明和教养,根本找不到对等。"

八

女儿初三毕业,中考结束。季于含正式向林书文提出两个人分开的事。

结婚十六七年,她有时躺在床上,闭上眼睛,睡不着,思考婚姻是何物。她对婚姻所有的认识和记忆竟只是多了一个小孩。林书文这两年身体变得有些发福,职位又接连提升。他能把持一个要害位置,智商、情商自然不低,他知进退,又努力,工作上得心应手,上上下下也都依赖他、敬他。四十岁到五十岁,正是男人的黄金时代——年富力强，成熟稳重，各种操持皆游刃有余。

这两年，季于含在学校这边陪读过得很清静，林书文那边也过得一片祥和，隐约有风流传闻传出。林书文这样一个有职有位的人，不要他多主动，只自动来投怀送抱的就够他应付。对于这些，林书文也承认。被发现实质了赖不过去了也即坦白，也偶尔道歉，但更多的是质问季于含，让季于含反思："我一个好好的忠厚持重的人为什么走到今天？不是你一手造成的吗？你没过错吗？是你逼迫我的。如果这个家庭时时处处洋溢温暖，我至于在这些事儿上犯错吗？"

林书文把责任一次推清："我是不好，可错误我一个人怎么犯？"那些前仆后继的女人，走了阿三，有阿四来，阿四走了还有阿五。在一个小城久住，林书文这样的男人确实是块肥肉。其中一个女人，还以各种方式认识季于含，加季于含的微信，看季于含的朋友圈，年节还偶尔发信息来祝福。等到事发，对方也就放下面具，直接跟季于含谈判，告诉季于含各种不堪，意在让季于含生气。

季于含质问林书文，林书文有几次还不相信，说季于含只不过在编故事，某某怎么可能是那样的人："她是那么小年纪的姑娘，你这中年女人怎么尽去编排人家小女孩？"

这一声"小女孩"把季于含气到"炸"。

至于林书文是否就真不要和季于含的婚姻了，也未必，他毕竟也要注意自己的社会声名。以前，季于含只要指出这一点，林书文就百般抵赖、解释，或者干脆出去住几天不回家。

这几年，孩子又大了一点，他也收敛一些了。季于含生气时,他也不会撂下季于含让她自己去冷静了,他学会了和季于含好好说话,并请季于含看在老老小小的分上别放在心上:"马上都是半百的人啦,都过了大半生啦,我以后会好好地护着你。"

有一次他认真地说:"我是男的,怎么囫囵都能过得好。你不是看不到,这社会有多么势利,就是男人社会。你是女人,女人过了四十岁,更有诸多不易。我在这是不好,可你明白我能替你遮掉多少风雨吗?你再怎么计较、怎么小性,至于跟自己过不去吗?"

九

高一第二学期开始前,季于含又说:"我什么也不要,我也不上法院起诉,你放开我好了。女儿高中毕业,我们彻底分清。"

前几年,趁着郊区房价尚低,他们又买了一处开发区的房子,为着将来也许真的扩城。

季于含说:"我其他什么也不要,分我一处小房子就好了。我们先把证领掉,等女儿高考结束,我也就直接搬出去,不回家了。这样你我都清静,否则就请法庭审判。"

十

高三的春节假,女儿只放了三天。

孩子学习也是太累了:每天六点前起来,晚上要十二点才能睡。这三天,季于含也就随了女儿,女儿趁这三天追了两部连续剧,正常看不完就开倍速看。

季于含问女儿:"真那么好看?"

女儿说:"我发现了一个特点,剧里的好多小孩都有一个后妈。然后,都是后妈比亲妈好很多,亲妈总是管小孩,后妈总是想办法让小孩开心,主动满足小孩的各种愿望,害怕小孩生她的气。亲妈就从来不会,在亲妈那,很多愿望都满足不了。"

末了,女儿说:"我们同学以前就探讨过这个'秘密发现'。"

十一

女儿高考结束,考试的分数还没出来,林书文就在单位的例行体检中被查出问题,再一次复查,确诊为重症。医生说,还好,可以手术,没有转移。

彼时,季于含和林书文的离婚证已经领了一学期,只是她还没有搬家。她和林书文约定,等女儿高三暑假结束,各回各家,彻底各过各的,婚姻的所有意义宣告完成。

体检之前一个月,季于含还和林书文商量了怎么和各自的家人交代,跟女儿说还是不说,怎么说。当时两个人的意见是,如果彼此都暂没有新的婚姻计划,就先不和孩子说。这是季于含的提议。对此,林书文也没异议。

她受够了这些年的生活局面,自己要休息一下,修复一下。至于终究要如何,她还没来得及想全面。但是,她唯一确定的是,不想再和林书文有一点纠葛。

婆婆和林书文的哥哥、姐姐都是知道他们这个决定的,他单位中的个别人也是知道的。

那天同去婆婆家,季于含为着一件别的事顺带说出了口。

季于含说:"以后除了雨檬妈妈的身份,我和林家没有其他关系了。"

他们是否还向其他人说过,季于含不知道。

对自己家里人,季于含没有说。季于含想,自己的事自己决定,不需要商量。需要的时候,最多通知一下。按照季于含估计的情况,跟家里人说了也并不会获得多少支持,而且自己也不需要这种支持。理由有三:

一是季于含已不相信有感同身受这种事;

二是获得他人理解,不值得花费很多解释的力气;

三是他人理解之后,无非进行劝解。

可以预见,他们会絮说林书文种种被人看在眼里的好。人要念好、念旧情,这是自己的家人一直提倡的做人准则。遇到问题,要先检讨自己,反省、反思。"到底是哪过不下去了?"他们也许会这么问,然后用各种理由反驳她。

如果说到他有"外遇",那更是自己不对了——这点事算什么,忍忍算了,有些男人无论有怎样的修为,就是会有这个动荡期。但他又能动荡多少年?等他六十岁、七十岁时,你让他动荡,他也会老老实实每天回到你的家里。他只要回来,就是你家的,别人若能抢去,那他为什么不去呀?无非几场折腾和游戏,有些男人生性如此,你若放在心上就是自己和自己过不去。

对他们说自己生活中其他种种琐碎感受?那更是幼稚的逻辑和思维,爸爸马上会说:"你是成人,成人要的是看见的生活,是担当生活,不是让你去感觉它如何。"

都是自己眼见着的话。

"那后半生,你自己一个人就更好过吗?就会恰巧遇上一个人,比眼前这个更称心如意吗?

"你真是不成熟啊,让我们老的死了都闭不上眼啊!

"出一家进一家,你是哪来的新潮观念啊?"

在季于含这,也总是左右一想:林书文真有多么坏吗?也未必。只是自己不想要婚姻这个事物了而已,此生没力气去建设它。

婚姻对季于含,就是这样一个东西,不是生来就有的,有了,又不想要了,只是这样。

林书文在自己家人眼里,一直有着处处看得见的好。在社会上,他也是禁得起各种标准衡量的好人。某种程度上讲,他还是一个成功的好人。

"女人要的不就是安全感吗?这些年你哪没过好?什么你没有?大人、孩子都那么好,健康、平安,过得什么都不缺。你不就是纠结一个男人是夜里十二点回还是十二点半回的问题吗?纠结他分担了多少家务,陪你上了几趟街的问题吗?不就是他说话的语气不好,常批评你几句吗?

"这是大到天上的情况吗?

"你在意的这些细枝末节,让你变得多么低级啊。"

表姐和季于含一起长大,走动紧密,但私下的事季于含有自己的界线,个人生活里的长短事情她很少提及。"宁拆一座庙,不拆人间一桩婚。"小时奶奶总这么说。这是被无数人事验证过的,但并不一定对每一个人有效。

季于含左右一想,没有一个人值得诉说自己和林书文分开的事,这和任何人无关。

这些年，季于含没抑郁，也没想跳楼，每天还能梳好头、洗净衣服，甚至在有空时还能淡淡地匀上妆到街上去，到人群中去，到单位去，无论如何，这都是自己很正常、很强大的证明。

一个正常的人决定一件正常的事。如此而已。

女儿在这中学时代最后的一次大考中，也考得非常顺利，得了一个比自己预期高了两道应用题分值的分数，她把自己最好的一次成绩献给了高考。

十二

林书文医院是住下了，手术也很顺利。

女儿也开学出发了，季于含让女儿放心爸爸。这一段时间，她刻意请表姐的女儿过来陪伴了女儿一段时间。季于含将最近的一些事告诉了雨檬信任的一位老师，请老师能不着痕迹地、装作无意地和雨檬见一下，侧面地进行一下交流。

一波浪涌渐渐平息。

季于含为林书文请了一个长期看护。

在这个小城市，卖力气的、有技术的工资都不高，唯独看护病人的，工资比看小孩的月嫂还高——"谁愿意好好的一个人天天围着病人啊""人生了病，好人品都会让坏脾气败了"。

看护告诉季于含："如果要照顾小孩，工资是可以商量的，但病人的各种不便和心累是会转移的，尤其对他们坏情绪的承受，不会像带一个小孩那样愉快。"林书文没当面反驳季于含的这个安排。

婆婆直言让季于含请长假陪护，一是季于含按年纪论在单位也是老同志了,正好给年轻人让机会,二是工作上有些事在家也可以完成。林书文目前情况也算稳定,只是眼前要有个人罢了。

她第一次说,季于含未接话。她再说,季于含委婉地说:"不好请长假,自己的岗就一个人,领导是新来的,不想添麻烦。"

可隔了一天,婆婆又来找季于含,说自己年纪大了,无法端汤倒水地为儿子熬夜了。夫妻之间谁家没有个长长短短的,看在妈妈的面子上能不能不要计较了。

季于含听到这一条顿生不快,冷冷地说:"我也没有资格计较。我们已经不是夫妻了,这一点,您早就知道的。"

婆婆说:"妈妈这个年纪给你说,你总要想一下啊,退一步也曾是一场夫妻啊,老祖宗们都是这么过来的。"

转了身,婆婆又去找了季于含的妈妈,将事情的前前后后向妈妈透露个底朝天。

没隔一个上午,妈妈、爸爸、哥哥连带上表姐一同上门来了。

就像外婆又死了一次一样,妈妈哭得比哭外婆还伤心:"不要让人说闲话啊,哪怕你们离婚是家事,可外人不知道原因,以为你是乘人危难,人家生了病不要人家呢。你总要顾及个名声啊,这是熟人社会,我们也都活着呢,你也要在这过下半生呢。"

"你这是找着被人戳脊梁骨啊。你要真这么决绝,就是雨檬也会拿你当仇人啊,生病的毕竟是她的亲爸爸啊!你不是活在真空里。"

211

十三

　　下午才上班，领导就喊季于含去办公室。掩了门，他请季于含坐下，开口道："按说，私人的事我不该干涉和询问，但是，昨天，你先生的母亲过来和我说了你的事，请我和你谈谈。林书记住院的事，我是才知道。老人家说，你们在闹分居，你婆婆拜托我，请你念在夫妻一场的情分上，陪你先生一程。现在的医学发达着呢，这又不是医治不了的病。

　　"就是邻居生了病，别人都会感到难过、要去问候一下啊。"

杂　佩

一

　　小阁楼是她从来没上去过的地方。她住进这个房子时，他就对她说过，那里还有"她"寄存下来的一部分物品。这个寄存物品的"她"，是他的前妻。在说这件事时，她看到了他眼睛里的紧张和难为情。本来，她想说，让"她"全拿走，或者，再另买一个房子吧。可是，情分先到了想住一起、想嫁想娶的时候。她以为自己可以不介意。

　　她心里解劝过自己，就当"她"是他的一个普通前任，男生和女友同居了再分开和结过一次婚又有什么区别？但事实是：无论两人怎么同居，只要不领婚书，都是未婚之质；但哪怕恋爱也没谈，只在某种因缘际会下领了婚书，就算是昭告过天地人神父母了，在身份上就是不一样的。无论自己怎么觉得一样，在别人那，都是不一样的。

　　因了这一层忌讳，他的旧年的相册、衣服柜子，她从来不去碰。那些物品，都是"她"碰触过的，甚至是他们一起买的，不是她的。他们是在她介入不久之前分开的还是已经分开很久了，她没问过,她觉得也没什么好为这件事埋怨他的。不遇上她,他也会遇上其他人,不会因和某个人散了就被整个社会嫌弃。在这个世界上,没有谁是谁的不可替代,也几乎没有一个人自愿选择孤单终老。三年两年的一场恋爱或婚姻,远不够一生。

所以她是甘愿的,从和他认识再到论婚嫁——实际这个婚也不是她自己的迫切,她只是认为到了结婚的年纪正常嫁掉,是成年女性对社会与道德的义务。自己这样的选择,也是让爸爸妈妈觉得一生过得完整无缺的组成部分。何况,在她看来,他是那么好的一个人,适合去爱,也适合婚姻。

住进这个房子几年后,家里的物品越置越多,而且,不知从哪天开始,这座城市的灰尘大了起来,无论玻璃、门窗多密闭,灰尘都飞得进来。一天不擦拭,屋里就会积一层灰。

她请了一个阿姨帮忙打理家务。算起来,阿姨也只是每周来上一两天班的小时工,一周多做一两次大清扫而已。油烟机、窗玻璃、房子已经不是特别新了,所以她更介意清洁度,怕时间久了积下油烟、灰尘的气味。每周多清洗一次,她就会觉得日子也干净很多。

阿姨的班时固定,总是每周一或周二早上八点半风雨无阻地到来,晚上五点风雨无阻地离开。而这个点,也正是她早上去上班、晚上回家的时间。

有好几次,周一的下午,她在单位没有了事情,或是因为上午在外面开会,散会后,她不再转去单位,就直接回家了。阿姨的年纪比她妈妈的年纪小,比她要大。阿姨在这样的年纪帮自己洗理,她总是有不忍之心,每每把自己的文件放下来和阿姨一起清洗，或者煮茶请阿姨喝。让另一个人干活，而她束手站着，虽然她付费了，但仍不自在。这是她多年下来仍没学会的课。

她不怕用力气和阿姨一起做事情或者一起喝茶，但是，她不擅长和比较陌生的人聊天，总是没有话说，这让她觉得不自在、不礼貌。这样的时候，她宁愿选择在街上多停留一会儿，采办物品，或者仍回到办公室去工作。

前一天，阿姨已经第二次跟她说："要不要一起清理下阁楼？可是，你要在家，有些东西我不方便自己去动。"

阿姨说："下午我去推了下你的阁楼门，灰就飞起来了，踩上去，灰有四月的杨絮厚了，一低头，灰把脚印都印出来了。"

阿姨看她没接下去，继续说："住人的家，要四角都清理亮堂。水是什么？水就是人用来给物件洗尘的呀。一个住人的屋子，你不去清理洗涤，阴气就会聚了来，阴气聚久了会成形成精来压人的。"

阿姨也不等她发表回应，继续自顾自向她说："这房子，还要早有个小宝。小孩阳气旺，什么都压得住，屋里四处一跑，这屋里的东西都能变得带气了。"

二

无非是信件，或者是"她"嫁来时穿的衣裳，如果那样的衣裳还在，"她"也真是可恨了。

或者，还有照片，他们一起拍的。婚姻世界，是能把想得到的不堪都发生一遍的地方。照片，又算得了什么。

很多东西真宜早早烧掉清净，看一眼都不要。但终究不是她的物件，她做不了这个主。而且，那些东西，总是自己一生到死都会嫌弃的，她才不愿用自己的手去碰，用自己的眼睛亲自去看。

也是当时自己不够矜持，没有请他清理好所有，清理出一个崭新的新房——没有一点旧物的屋才可以称为"新房"啊，偏偏留下这个存了无数旧物的阁楼——她嫌弃的不是物品旧，而是旧物的主人。而他，当时也含混，居然让她答应这一个条件。人都走了，物也一并清了才是真了结。现在，这是她的家了啊。新婚时，对她，他只是简单潦草地说到了这一件事：有些旧物被那个她从没谋面的人所寄放。

早该一把火烧掉，或者扔掉，他不该主动做这样的处理吗？他也许就是诚心要留下这份东西，也可能他根本忽略了这件事的不妥处，或者他真的不介意这样做。她爱他，总是会接受他的所有——情感的理念里，应有这一条。在一些相距不远的时间段里，人类的情绪与情感不会发生特别大的变化吧。

不是不想一烧了之，但是人总是要守一些理的：不是死去的人的物件，是不能用火烧的，这是生死的界线之一。捐赠掉，那即为寄存，总是还有想用到的心。

有时，他回得早，夫妇之间难得在一起吃一顿晚餐。然后，她清理碗盏，他也来帮忙。随后他打开电视，看一场电影或者别的什么节目，她则回到小桌边翻看一本书，或者整理自己的衣服，准备明天要穿的，清洗、烫熨今天换下的——因了晚上这一小段的时光，衣服尽管穿了很久，还保持得那么新，像从不会被她穿旧。

这个房子，算起来，她住了已有十一年多要十二年了。这些年里，阿姨来来去去换了几个，有几位阿姨不知是没有看到，还是也和她一样因为忙碌或者其他莫名其妙的因素，都一并忽略了阁楼也是这个房子的一部分，没有清理擦拭，类似于一个经年无人探看的储物间。她也曾动过清理的念头，那时还年轻，有着嫉妒心和血气，有想探寻他的世界的好奇，但也有着一眼也不愿看到的骄傲。

她是一直决心不去理这个小阁楼的。她也不愿有人来提醒她生命里还有这么个地方，尽管算起来，这是她的家，她有清理擦亮每个边角的责任。但因了这一层，这些年她也少操了起码十平方米面积的心——十年算下来，她少花了很多力气。

买一个新房子吧，前几年，她和他提出这样的建议。

他总是答：新房子都在别处，这里再不会盖新楼了，到哪里再找比这位置好的房子？

这一点，她也承认：核心街区，最好的学区房，最好的幼儿园、小学、中学都在小区门口，而且这里离两个人的单位都近，生活工作都很便利，三室朝阳，是当年最好的设计。

他们买这个房子时一定是看好了这里的学区优势，为小孩上学打算的。

可是，一年年过来，一开始是她刻意没有要小孩，她还不想太早地进入做母亲的阶段。有一次，胎儿都两个月了，想一想，再想一想，她还是放弃了：受很多因素影响，如进修，各种工作事务，自己的心理状态等。后来，看到周围朋友的小孩一个个出生，会说会笑，被抱在手里、扛到肩上，他们想要一个小孩的心念也动了。现在，一个家庭可以生两个宝贝的政策也出来了。可是，直到最近，她才发现，她不借口拖延也不回避那么久了，仍然没有怀孕的迹象。

而他，反而一天天淡然下来，不再特别提孩子的事情：他怕她着急，体谅她。这些年过来，他们早就习惯了这样的两个人生活的节奏、两个人生活的状态。

有时，如果回来得晚了，累了，她沐浴完就直接回卧室睡下。睡到天亮，早餐之后又要开始新的一天，一天都忙得密不透风、水泼不进。他呢，也是这样的生活节奏。

只是到了周末，静下来，偶尔地，她也会想起来，这个房间太静了，需要一个小孩来吵一吵。她想事情的时候，总是喜欢倚在沙发上，头微微仰起——这个仰起的角度，冲着的就是这个房子里小阁楼的位置。

三

有一次，她看到了一本图册，那是在去尼泊尔过春节假期的航班上，图册中展示着一位设计师设计的一个几平方米的小小阁楼——有着那样一个天真的小女孩气息的设计，自己一直想要拥有的一个小房间。哪怕嫁了人，将来有了子女，她也想有的自己的一个小房间：甜蜜而安静，冬暖夏凉，有适合的温度和用具，有小床、书桌、一箱箱跟着自己的衣物；它可能藏在暗处，也可以在高一点的地方，但是，它不属于其他人，只有自己可以打开它的门，它能收藏得下自己，没有任何外人的气息，无论自己处在什么年纪，都可以在那里舒展自如。

"我家也有一个阁楼。"她默默放下书册想,"不,自己还没有家。自己的家,应该是每一个角落、每一个细微处都可以触摸到的自己的房子,而且,它没有过去,只有现在,每一格地板、每一道墙缝都属于自己。"

"不,这不是我的家,这只是我住的一个房子。如果是我的家,我不会允许有我嫌弃的一坨东西存在。"

"我真的一直在介意这些吗?不。"她自己也微笑了,那其实也算不得什么,不就是占了一点空间而已吗,自己总不至于跟这一堆无寸铁之力伤人的旧东西怄气。他既然不主动提,如果自己先提,那他不是以为自己心里还有妒忌吗?去妒忌,为着这样一件旧事,是不值得的。

她看向舷窗外,那么明亮的蓝天,飞机的翅膀正被一蓬雪白柔和的云托举着,那么清澈、单纯,仿佛它经过的人世从没有杂质。世界上还有无数其他生物,它们同人类一样在大地上居住、生息,这些生物也在此时舷窗下看到的泥地上穿行,互相凝视着、陪伴着。所有人们心里的杂质,都是为时间、为这些高处的事物所不屑的,是终会被过滤的,人们把它们放到心里,是可笑的。

即便生时不会被过滤,那死亡也必会给以被动的终结,而即或等到死亡来了结,也不过是一百年时间。一百年真的不算太久,是一个人等得起的。

虽然,更多的时候,吃饭、睡觉,我们人,任何一个人,还是需要一个房子、一张床的。

她很快就四十岁了,已过了一百年的,准确说,五分之二。

而且，很多人也并不是赌气要活到一百年的，生命的一路风物，从过来处，从早到晚无非大同小异，而昨天和今天过下来的程序也相似得不可思议。总之，三十岁都愉快地过完了，而且也过得算清醒、理智，对人生也早已没有什么疑惑，即或遇到过问题，也都放得下或是担得动，不畏惧了。

越来越像岩石一样生硬了，这个自己，心，还有身体。

那次去尼泊尔，她只是想去看一眼听说过几次的活女神——不远的地方，还有女人，一生是那样活着：先是普通小女孩；然后因为既定抑或偶然的命运，成为众生供奉的女神；再后来，又变回普通的女人；最后，仍将死亡当作一生最安心的归处。

旅行到第六天，她已经去看过活女神。她那天从一个小镇上过来，在看女神的路上，因为搭车，她认识了几个人：一对子女在异国的夫妇；一个来自皖北小镇的三口之家；一个一路沉默不语的，带了一个自拍杆的中年男子；三个旅行前并不互相认识的女孩；一个每到一处必拿着硕大的旧式相机四处拍照的老人。原来出来过春节假的，有这么多不同的人啊。

这一天早上，她收到少年女友思愉要结婚的信息。她用女友熟悉的调皮语气回复："我可是不喜欢参加人家婚礼的呀——哈，是看了谁出嫁，都有像父母一样不舍的心的意思。"

思愉立即回："我要再不嫁他们都要活得不敢出门了。他们哪有不舍，我终于结婚了，他们以为是福到我们家三代以上。"

她想了想，认真写回复：

"结婚是很容易的，所有亲人一起喝酒庆祝，结婚的人则要按大家的祝福把日子过下去。如果过不好，那些曾来祝福的人会觉得有责任告诉他们如何过下去，比如生了小孩会过得更容易——这值得一试。可是，让一个人成为真正的男人或女人的，并不是婚姻，也不是一个小孩。孩子不是婚姻的最坚牢的韧带，关键是我们会不会在相处中获得真正的灵魂上的成长。婚姻的目的不是找到另一个人，而是通过婚姻找到自己，不断通过另一个人来了解和爱上自己、激活自己。有的人也活了很久，但不知道如何去激活和发现自己。"

祝贺结婚时是否可以这样写，哪怕是彼此不挑剔的好友？她对着手机停下来，一字一字重新看过，她的手划到收信栏，一个一个慢慢删掉思愉的电话数字，输上自己的号码。

手机响起，她收到了自己的这条短信：实现便捷通信是多么奇妙的一件事啊。

算一算，自己结婚已第十年，或者第十一年了。她不算一算这个数字，已经答不准确了。这次独自出来旅行过新年，她约了一个不太熟的小伙伴，只是为路上有个熟人相伴。小伙伴的女儿在新年前被先生的前妻接去新加坡，开学前才会送回。她自己的先生，之前一同出来过一次，但因为这次他又要加班，她也就没要求他同行。他加班的意思是初一、初二、初三都要去上工，她不喜欢一个人在家待那么久。

不知从什么时候起，他们也越来越不愿意在春节时回双方的老人家里一同过年了。

这一晚，在中国，正是新年之夜。

因为是新年，接待她的尼泊尔翻译一早给她的手里放了糖果，简朴的水果糖，说："我知道中国过年要吃糖的传统，糖是甜蜜的，新年是这样的。"

翻译坐在那里，唱了一首歌，说："你们新年的电视上都是有人唱歌的。"唱罢，她翻译了她唱的这首歌的大意：

> 我看见了我喜欢的那个姑娘
> 长得很漂亮
> 她在微笑，我的心很跳
> 我想过去和她说句话，说她很漂亮，可我怕她误会我爱上她不理我
> 我只是想和她说句话，我只是想和她说句话，说句话就足够了
> 我不用她爱上我
> 只是说一句话
> 这就是甜蜜的

这是一个二十多岁的小姑娘，也不太会说中文，和她一起陪着大家的，是她的印度籍男友。她唱的这首歌，是这个印度男生刚教会她的。

这个印度男生因为度假，就陪她一起做翻译。他说起印度的年："你们过年还喝酒，我们那，喝酒是不好的事情。我在中国的时候，和朋友一起喝过酒。可是，我家里人不知道，我不能告诉他们，虽然我不可以说谎，但是说了他们会伤心，认为我喝了酒，以后会做不能控制的事。可是，我发现，我虽然喝过酒，我没喝醉，我对自己仍很清楚。我觉得酒是可以喝的。"

四

她和他结婚前，也选了日子，约定去教堂举行婚礼，去得到牧师的祝福。

> 远处的钟声回荡在雨里，
> 我们在屋檐底下牵手听，
> 幻想教堂里的那场婚礼，
> 是为了祝福我俩而举行。

后来他们住在一起了，可是他也不那么热切地想有一场婚礼了。得到很多祝福，大红喜字贴得满窗满门，拜天地，那是多么重要啊——没被很多人祝福过，没拜告过天地，祖宗和神灵怎么知道，怎么来护佑？关于这一点，她早几年还会一笑了之，现在，他如果歉疚地提到，她就庄严多了，她说："是呢，我是新嫁呢，我怎么可以不要一场婚礼？怎么可以没有这样一场仪式呢？"

时间一年年地过去了，一两年，三四年，五六年，六七年，总不能一起住了这么久，再举行婚礼吧？一街的人早都认为他们是老夫老妻了。

一开始，他也提过，可她那时对婚礼总还是觉得无所谓，当然，这个认识，是基于她早看出了他的不热切，他巴不得她不赞成。她看到了这一点，也迎合他：是呢，一个婚礼太忙，就是几件新衣服、婚纱、拍照和一场喜宴呀。那时，她对婚礼的认识还停留在新衣服和喜宴上。

教堂的婚礼没举行，市面上那种寻常的民间结婚喜宴也没办，喜糖、喜饼，那些各式撒花、铺床，也一并省略了。

后来只有被子，妈妈计较着，请全福奶奶缝了一床，红枣、花生要放进去时她正好看到，她说"如果我忘了拿还不霉里面"，就没放了。

即便如此，也是满满当当一屋子新的红颜色的东西。

房子是哪年买下的，她没有特别问，她只知道他有三十年的房贷，月供在一月月还。房子里本来也有一屋子很新的东西，还好，他背着他什么都不舍得的家人一件件扔了，换了新的进来——关于这一点，她是感激的，虽然她也买了很多。有一次，她一股脑买了所有电器——她默默对着房子里有的，一件件记入清单。本来，她的父母也是给了她这一笔嫁妆费的。

妈妈说："以前结婚很简单，可人们也好好地过了一辈子，过来了那么多人。"

她理解妈妈的安慰，妈妈怕她因婚礼一直没举行心有不甘。

"现在这一代人很多是这样呀。"妈妈总是说，"现在结婚程序那么复杂，一天站下来，人会累僵；那些婚礼的衣服，也只穿一次；那些形式主义省了也清静。"

五

从她开始有心思要一个孩子起算，也不算太久。她正面地、不再回避这件事有两年了，不再回避，却一直没有。

顺其自然到来的生命才珍贵，命里没有的话，强求也求不到，她一直懂。

她正值身体丰腴血气充沛的年纪，他也健硕，而且他们都检查过，身体都没问题。这样没有问题的两个人，子女的缘分一定要来得迟，也是天意。

没有应酬的晚上，他看电视，她也会坐到他旁边。他打开热熏炉，让她静静地熏一会儿面部，他知道她晚睡前有敷一片面膜的习惯。

邻居家养了一只小猫，偶尔地，在楼下看见，她会抱一会儿猫，慢慢地，知道养猫也不容易。猫对抚养它的人容易生出依恋，发生感情，执拗地成为人生活的一部分。它会撒娇，会看人脸色，也会默默地陪伴一个人。

邻居说，她的猫还喜欢听音乐，很多韵律舒缓、温柔的曲目它都喜欢，它不喜欢节奏感强烈的，也不太喜欢太悲伤的，它喜欢佛音。这些品位有点像她呢。

这只猫咪生过几窝小崽了。每次，看到小崽生出，她都想抱一只回家——这个家里太安静了，有个小生物，会热闹一点，或者生出活力。

她想养一只猫咪，从它是小小的猫咪时开始照顾，养到它什么都懂、都会，会看她的表情、懂她的心思，养得有一天像她。

但只想了一想，她便迅速放弃了：万一很快有了孩子呢，有了孩子就分不出精神照顾猫咪了。

她没问过他是否同意养猫，她知道，他多半是同意的，他不会特别反对她想做的事。他知道她理智，只要决定做一件事，总是想好了的。

可是，他不知道内心深处的她，她只是看似理智，其实是装的，只是表面镇定，她的内心深处总是混沌一片。

她有时仍会设想一些事情，也偶尔会假设一些事情发生。

比如，他是有小孩的，有不止一个前妻、一段婚姻。

比如，他连一个房子也没有，他什么也没有——那还不如现在，有这样一个房子。没有房子的生活要比现在狼狈很多。现在有房子，只是多余了一间阁楼，像好好的一只手多了一根手指。

而且当年，自己那样在意他，不在意其他一切，即使他该有的都没有，他该没有的都经历过。

这又有什么？婚礼也不是每个人的必需之物。

自己不可以忘掉初心，说过这初心是至死不变的，怎么可以没几年就变了？

他在谁身边，他的心就在谁那多些，即使这"在"，有客观，有被迫，有牵强，有顺水推舟，但总也是心甘情愿。

可终究有晃动。

有一次，她和他看一场电影回来，她说："要不我们分开吧。"

他看向她，眼里满是探问。他没说话，但她知道他是在问："是因为要重新开始，再去结一次婚？"

她眼前忽然闪过婚礼的纱裙：为了一套那样的纱裙，是想结一次婚的呢。

这一闪而过又脱口而出的一句话，在她自己看来都觉得没意思了。

她想了想，认真地说："不太会。"

他点点头:"我也不会。"

他走过来,挽住她:"那还是在一起吧。"

可是,就是有哪里不对,她总是打不起精神过这个日子。她每天上班,下班,也回到他父母那,回到自己父母那,和谁都是客客气气的。她的这些亲人,也是安然有礼的,不会去互相探问细致的生活,探问别人不愿主动说出的部分。大家在一起聚会、讨论、喝茶、喝酒,互相敬爱。

她和他是成年很久的人了,在这些亲人中间,他们是一对被祝福的、让人放心的夫妇。

六

他每天静下时,也会帮她理一些家里事务,比如她熨衣服时,他会过来帮忙把才熨好放边上的衣服挂到衣架上,四处拉平,挂起来。他会交水电费,修偶尔坏掉的物品,也买她喜欢的菜下厨。周末的下午,沏两杯好茶,他们一起坐着,喝一会儿茶。一起在家里喝茶的下午,是他和她之间难得的奢华时光。

很多年来,他每天早上习惯多睡会儿。如果头晚看了一部电影,第二天早上他也会起得迟些,卡着上班的时间出发。中午,他们各自在单位吃工作餐。晚上,他因为工作上的各种事情,和一拨拨伙伴在外面吃晚餐,应酬的酒会总是很多。因为这样的生活节奏,婚后没有多久,他们开始选择分房而眠。

一开始只是因为他怕回来迟了吵醒她:中断的睡眠再续起来总是没有连贯的睡眠香甜。她一开始也用看一本书的时间来等他,可是往往一本书读完了,他的酒局还没有散,后来她也习惯了不等他。而他，因为她的等待和伙伴们喝得也不尽兴，不能开怀畅饮，于是就不让她等。所以，每一天里，实际算起来，他们碰面静心同坐一会儿的机会并不多。

有一次，她向姐姐描述这一点，姐姐笑她："这就是婚姻啊，不要想得那么复杂，不要有那么小女孩、小男孩的情绪，不要抱团抱得那么紧密，不要总不透气地抱在一起，拥抱只能偶尔，天天抱到一起都要燃烧掉，那不心肺都烧没了？要留下心肺，你要有心有肺地活着。婚姻可不是让一个人就专门陪你自己。"

"那爸爸妈妈他们呢？他们那么好。"她问。

姐姐又微笑了："爸爸妈妈吵架，也不会在我们面前吵啊。而且他们的时代和我们的时代不一样，以前业余时间人们怎么过，就是在家里或门口大树下杀两盘棋，屋里的黑白电视就有一个台。现在不是那样的世界了，天天有新事物出现。我们都还没老到对一切没新鲜感、没向往之心的年纪呀。这个社会多了种种格局，物质、经济这么繁华，就不是为让男人把更多业余时间放在家里而设计的。"

社会的各种潮流都在向前，唯独人类的两个性别还在用旧观念看待和要求彼此。姐姐拉住她的手："你再长几岁，或者你再小一些，你都不会想这么多了。"

姐姐真像另一个妈妈，可又比妈妈亲密，讲得了心里话，像一个老师。

妈妈生了姐姐和她，本来下面还该再有个弟弟或妹妹——家里有三四个小孩，这是妈妈那一代人对家庭格局的想象。至于外祖母，她那一代，嫁了人就是生育的开始，婚后一年生一个，一个接一个地生下，子宫几乎不能得到休息。只是隔了一个世纪啊，一百多年以前，女人对生育这样的自然之事还显得束手无策，进入婚姻就是被迫怀孕和生产的开始，直到能生育的自然规律停止。

妈妈生下她后没满一年，计划生育政策已经从早先提出的"生得晚一点，生得少一点，小孩之间隔得稀一点"，"计划"到"一家只生一个"，而且国家为之立了法。

那时姐姐已经有六七岁了，她也已经能被妈妈抱在腿上坐着了，总不能把她退回到哪去。但是，妈妈的另一个还没有来得及生出来的小孩，在这个政策之下被强制流掉了。

要是没有这个姐姐，人生得多黑暗啊。有一次，她这样对姐姐说。姐姐笑她："有姐姐，是一种活法；没姐姐，你一样会活得很好。"

现在，她也到了可以生育的旺盛之年，而且，有合法的婚姻。

有一些早晨，天刚亮的时候，她六点不到或者刚到就醒了。

她醒了，可离他醒还有很久。她看着睡眠里的他，那么安然沉迷：一场地震也惊不起他的酣睡。她觉得眼前的人真是每一次看都有陌生的感觉，可是，他一醒，她就认出他了。他的脚步声，他坐那喝茶、看材料，好像他是这个房子搭配好的一部分，和这个房子浑然一体。如果不回到这个房子里，在街上，她真的疑惑这个人和自己到底有多熟悉。

姐姐也问过她："你在担心他再爱上别人吗？"

她心里慢慢划过所有，她明白，这一点她从不担心，而且也

229

不畏惧。重点不是他会不会,而是,即使有了这样的事发生,她也不会感到惊奇或难过。而且,如果这样的事发生了,以他的性格,他应当不会瞒下:他也知道她不会纠缠,分开又不是很不容易。

现在,离婚的程序简化了很多呢,她也和姐姐说到这一点。

天亮后,她早醒的这一小段时间,总是够她把昨天的事想过一遍再好好睡一会儿。她感觉到自己生活的"无力",这种无力感具体是什么她也说不清:是体力上的,但不全是;是心力上的,也不全是。

白天里,她总是热腾腾的一个人,各种工作事务、各种杂事可以一一得体应对。自己的家事,打理起来也不疲累。过一个白天,休一个长夜,这个来自大自然的安排如此贴切。只是,长久地爱一个人的能力,那种纯粹的名为爱的事,在这个时代,在慢慢被什么剥夺去了——被无名之物,还有更多的有声有色之器,让人具体说不出。但是,那无形的剥夺感是存在的,无形地绳束到每个人,很多人都能感受到,只是一双肉眼还看不到。

她在早晨的光线里看着房间的四处:刚买来的喜欢的花,结实的桌椅板凳,牢固的房子,各种物件。于物质,她早无所缺。

这是爷爷一心向往过的他的孩子们的生活啊:"你们过得什么都不缺我就高兴了。"

爸爸听了也总是点头,她若在,爸爸还会看着她说:"是呢,也不求谁怎么高看一眼,平等对待我们家闺女就好。"

由于担心爷爷和爸爸的观念里会忌讳他过去的经历,她一直没有同他们特别说起——在长辈那里,一个人多谈了一点恋爱、恋爱谈得长一点都会让他们不满。

婚前，长辈们一再不放心她的眼光，总是说"要了解清楚"。

昨天晚上，他炒了几个小菜，她开了一瓶珍存的冰葡萄酒，她一杯一杯地喝。在外面餐饮，她总是有种种顾虑，不能畅饮。他看她喜欢，又开了另一瓶，然后，她开的那瓶快被喝完时，她有点醉了。

她举杯看着他，对这个人，又生了陌生的感觉，"和自己一起过了十年的人，怎么是这样的"——温和地笑，严肃地接听一个个工作上的电话，他没有任何破绽、缺口，没有什么不好。

只是，他有一个让她嫌弃的阁楼。

自己果真到了容不得一个阁楼的年纪吗？那个阁楼要是换作一个前任丢下来要自己去管的孩子呢？一个阁楼比起一个活生生的小孩总是要好对待得多。

闪过这个念想时，她的酒忽地醒了。

本来，她以为自己醉了，要说很多刻薄的话了。很多刻薄的话是需要掩体的，她以为这一瓶她珍存了很久没舍得喝的冰酒就是她一个掩体，然而，最后一刻，她居然清醒了。

她靠住餐桌的木椅子，她记起，她内心嫌弃的，其实还有他的妈妈。

她从不喊妈妈，仍喊作阿姨。这不可以指责她，因为她没有经过婚礼上那个正式对双方父母改换称呼的仪式——这个仪式，是要有人郑重主持的，自己怎么能直接跳过去？

她也看出了他妈妈面上不说，心里的不高兴，她体会得到。可是她也不高兴，她被谁体会了？

她嫌弃他妈妈的原因她一直记得：在讨论婚礼说到具体请谁选吉日和吉时的时候，他妈妈说，日子好选，时辰就定在晚上。

她一下怔住。他家里的乡仪，婚礼的正式喜宴都是在白天举行，正午之前。

正午之前结婚的是初婚，第二次结婚的则是在晚上。晚上举行的婚礼是二婚。

她知道他是第二次结婚，可是，他妈妈就这么明晃晃地当着她的面说出来，她就不高兴了。

她的朋友、同事第二次结婚的典礼，很多仍选在正午之前——那是对前面的一笔勾销，也是对新婚的尊重。

尤其于她，这是她的第一次婚礼呢。

他妈妈这样说，没什么不妥，可就像是一道菜一样，菜的制作工序没问题，可做出来的滋味不一样。

他妈妈说得似轻描淡写，也似对她的内心情绪浑然不知——即使他妈妈不知，他也无觉吗？

这场家宴上关于婚礼的讨论没有再进行，她自己也就拖延着。也许，他的家人也乐于这样"拖延"着。他，也乐于。

就因为这么点毛毛雨一样的事吗？是啊，就这么点毛毛雨一样的事都抹不平。

这人生的褶皱都是怎么生出来的？生出来就退不回去了。

七

"我想好好和你谈一次。"在内心，她无数次设想过这样开始和他谈话。可是，每当她坐到他面前了，她又羞愧于自己那么计较，担心让他觉得看错了自己。

自己喜欢这个人，喜欢的是他这个人本身。那个阁楼不是他的，那场为"她"举行过的婚礼是他的，可是，他已经选择了离场，到了她这里，她还细微琐碎得像个讨伐者去对他。

有几次，趁他不在、阿姨也不在，她走到小阁楼门前，手扣到门上，把门推开，里面的光线把灰尘照得格外清晰，光线闪到眼前的一刹那，她迅速低了头，手随之把门关到原位。

她什么也没有看到。

她又退回到楼下。

退到自己常坐的一张木椅子上，她坐着，直到他也下班回来。他看到她那么沉静，若有所思，然而，他终究没有发现她心里刚刚经历过什么。

她总是有平复自己情绪的能力。因为，每一次她被搅动，都是她自己用下的力。这个力还好，不伤及别人，也没有把自己搅得支离破碎，她总能缝合自己。

八

春天短，因为夏天总是到得很急。每年的五一假，她总是留出一天固定收冬衣，清洗、晾晒，然后叠整齐，等过了十月，再将它们取出来。而夏衣，则是十一假期时收。薄的、纱的、透的裙子和衬衫，过了十月即便能穿在身上，外面也要再加一件长衣。一件一件衣服，一年年地，就这么过来了。

有时她收着收着，看这些衣服会感到奇怪："我怎么会有这样一件衣服？它哪里好，什么因缘让我买下它？"

过去的时间也一点一点跳出来，女人的年纪和成长原来不在别处，都在衣服里留着。

人喜欢素淡颜色时的心情，一定和买一件亮橘色的毛呢外衣时不一样呢。

那种年长了一岁就觉得穿起来嗲的裙子，总是过了一年就不会再买了。

还有旗袍，一溜下来她居然有那么多件，可因为穿上拘束，要端端正正加一条丝袜，还因为某些个下午还要骑上一辆单车出发去某地，所以欢欢喜喜买下后，她也就穿了那么几次。

每一个女人的衣服都是这样吧：有这么一大柜子衣服，想穿的，喜欢穿的，买来没穿的，还有，和喜欢的人在一起时穿过的，分别是哪几件，女人都记着。

这些衣服，是一个女人的一部分啊，走到哪要跟到哪的。没有喜欢的衣服，怎么算女人？

衣服是比亲爱的人和自己更紧密的部分啊。

之前那个，那个和他在一起的女人，和他一起时穿的衣服也必定没有坏，仍在阁楼里还是被带走了，她就不知道了。

单凭时间的长度计，十年、二十年的时间，并不够让一件好好的衣服销蚀坏。如果衣服还留在阁楼上的某只箱子里，"她"打定主意不带走，也没什么大不了，几箱衣服气不到一个人。

自己并不那么容易被气着，能气着自己的——那应是一个多"伟大"的人啊。这样"伟大"的人今世不会存在。

这个阁楼就是一辈子明晃晃在眼前，又有什么？

他认识她时，从小时候开始说起，说到长大，几岁给女生写信，几岁挨过爸爸打，哪一次考到好分数，都讲得仔细。

唯独漏过这一次，那个前妻，姓氏、乡籍、如今去向，他从没有说过。她不问，他也不主动说。

拷问男朋友的历史这样的事，在她这儿，没有发生过。

他也会细心探查她的情绪。但作为两个成年人，从走进婚姻，拥有了同一个房子的钥匙起，他们彼此就是豁然的，清朗明媚，互相映照，无拘无束，没有勉强也没有委屈，是这样的成熟、确定、彼此毫无旧账的人。

那些生活的小小的毛边、小小的褶皱，都是抹得平的。

九

有一些生命场景，是她一直能记得的。

有一次，她搭乘夜间航班，航班经过她住的城市上空。

她看向外面，看到夜空下的大地，楼群也是小小的，只有细碎的灯光闪耀——每一盏灯后都是一个人家啊，父母、夫妇、子女都在那些灯后为各种事务烦恼纠结。活了一生的每个人，都在高空中的俯瞰下变成相同的轮廓，没有太大区别。

楼群变得和树木一样低小，楼群间也许还有植物、一些小动物，可是，夜色与距离将一切掩盖，将一切变小变弱。如果还有情绪、有挣扎，在这万米高空回看，那一盏灯后的世界，再丰富、再悲怆，也淡如微风与草芥。

又一次，也是在看电影回来的路上，她忽然说："我们也分开吧。"

这个"也"的前面,是刚看的电影。

电影是一种什么存在啊?那是一场什么电影,在哪里将她惹到,她不记得了。夜风中她和他散步回家,她的长围巾搭下来,她将手搭进他的臂弯。

不知为什么,她又一次下意识说到分开。

这一次,他看到了她眼里的认真。不由自主说出来的话,是内心的真实辗转。

他转过来,在人来人往的街上,他把手搭在她肩上,走了一会儿。他看着远处,并不看她,说:"房子太旧了,我们买一个新的房子吧,换掉这个。"

她反而惊住了。

他这样一说,她反而不确定自己是否真介意一个被其他女人住过的房子了。

床是新的,沙发也是新的,她开始默默回忆自己房间里的东西。

原来,他一直知道啊:她介意这个房子,装过他的一场婚礼的房子;很多东西是清出去了,可多少年了,那些气息还在,压迫着她每一天的呼吸。

她忽然泪如雨下,她松开他的手臂,脸埋进围巾,哭出声来。

原来,他一直知道很多啊。只是,因为她能忍耐,他以为她是可以的——可以忍耐,忍耐那些莫名的旧物对她情绪的侵犯。

十年过来了,往二十年上数了,她从一个她自以为是的理性青年,长成了一个刀枪不入的中年妇女,这样钢筋铁骨的她,更该什么都能忍耐：人世的各种敲打，剥蚀。

那些带着过去气息的毛刺，一天天地扎着她，不是那么锐利，不至于扎进来有多么疼，可是，都扎到了她的肉里。

她一身的肉，都是被这么多毛刺扎过的肉。

她一天天绷紧，她变得不再活泼与剔透，她本来就不是那么剔透，也没有那些豁达。

她哭得越发厉害，不是因为他终于懂得，反而是因了知道他一直懂得却不早伸出手搭过来帮她，直到看她深陷。

当然，这也是他一直说过的——她的劣性，她总是那么矫情、较劲，一点小事就把自己搭进去。

她应是皮皮实实、泼泼辣辣的。

每看她为一件小事的皮毛搭进去，换来一天甚至更久的坏情绪时，他还暗自嘲笑、轻视小女孩的劣性在她的身体里一直拔不出来。

他一向看起来那么粗线条。她真希望他就是这样的，对一切粗心、无觉，她希望一切坏脾气的生发只因自己的敏感和脆弱，并把这些当作一个女人身体里至今没有进化的部分。

她身为女人，就要承担这部分。

可是，如果是互相亲爱的两个人，彼此一切细小的情绪都是该被发现的，不该什么都等着自己去说，虽然由自己去说，也不那么可耻。

可对他，很多很多话，她仍说不出口，即使和他过了一世，可只要在他面前，羞涩和迷惘的表情总能回到她的脸颊上。这偶尔会影响她的判断和表达。

十

正好看到姐姐住的小区里有一套小房子在卖,里面什么都有,什么也不用添置,刚好我的钱够付首付。可是,请不要和两边的妈妈说,妈妈们都比较希望生活的每一天都和前面一天一个样子。

我想把我的个人物品也都搬过来,我选好日子就搬。我买了很多鞭炮和一只小炉子,小时候搬家的仪式里是要有一只小火炉的。

我准备了一份协议,放在你的信箱里。如果需要签字,我过来签,如果不用签,也很好。我在这边住,有时间也会回去看你。你愿意的话,有时间也来看看我。

前几年的每一天中,她和他天天见面,住在一个房子里,小区里很多人见过他们这么一对夫妇。这个晚上,她在邮箱里给他写邮件,内容如上。